엄마라고
더 오래 부를걸
그랬어

* 이 책은 어머님의 입말을 그대로 기록하는 것에 의의를 두었습니다.
책의 특성상 표준말과 사투리를 혼용하였으며 일부 구어적인 표현 등을 그대로 사용하였습니다.

엄마라고
더 오래 부를걸
그랬어

윤희병 이야기 · 김진태 지음

The 작업실

prologue

곁에 있어도 그리운 어머니

방송작가로 삼십 년을 살면서 처음 쓴 원고가 MBC에서 1989년에 방송을 시작했던 '우정의 무대'라는 프로그램의 '그리운 어머니' 코너였어요. 예능작가로 처음 쓴 원고라서 애정도 많았고 열정도 많았어요. 국방부에서 선정해준 부대에 답사를 가서 부대에서 추천해준 어머니 출연자 후보 명단을 백 명 정도 받았어요. 신중에 신중을 기해서 출연할 어머니 한 분을 결정하면 이런저런 얘기들을 나누며 슬프거나 때론 웃긴 아들과의 사연들을 뽑아서 원고를 써요. 그렇게 육·해·공까지 전군을 돌며 인터뷰를 한 어머니들이 수백 명이 넘어요.

어느 날 문득 그런 생각이 들었어요. 그렇게 가열차게 '그리운 어머니' 원고를 썼는데 정작 나의 어머니와 이런 대화들을 했었는가? 그런 생각이 들었어요. 나의 어머니는 1929년생이세요. 오드리 헵번과 동갑이고, 마릴린 먼로보다 세 살 어려요. 일제강점기에 태어나셔서 일본어를 국어로 배우고 십 대 소녀시절에 해방이 되어서 비로소 모국어를 배우셨어요. 대동아전쟁과 한국전쟁을 몸소 겪으셨고, 근현대사를 온몸으로 관통하셨어요.

작년과 올해가 다르고 한 해 한 해 기억이 자꾸자꾸 지워지고 있어요. 한국전쟁 때 인민군이 내려와서 선생님들을 모아 놓고 학생들에게 군가를 가르치라고 하면 풍금을 치며 인민 군가를 가르쳐야 했대요. 국군이 들어오면 국군가를 불러야 했다는 국민학교 교사시절 이야기도 어머니의 기억 속에서 지워져 버릴 것 같아서 조금씩 조금씩 어머니가 살아온 기억을 기록하기 시작했어요.

봄에 태어나셔서 어머니 생신 때가 되면 벚꽃이 만발해요. 앞으로 벚꽃이 백 번 필 때까지 어머니의 봄과 여름과 가을과 겨울의 이야기들을 들어 보려고 해요. 어머니의 기억 속으로 투망을 던지면 추억의 그물에 걸린 크고 작은 물고기처럼 세월의 문장들이 푸드덕거리며 올라올 테지요

contents

1부 母큐멘터리 '전지적 엄마 시점'

2부 벚꽃이 백 번 피거든

3부 다정하거나 쓸쓸한 사소하거나 거룩한

4부 빨랫줄에 머무는 마른 바람 같은

어느 날 "엄니"라고 부르고 나니까
다시 "엄마"라고 불러지지 않더라고.
변성기의 강을 건넌 소년의 목소리가
예전으로 돌아가기 어려운 것처럼 말이야.

어떨 때는 엄마라고 부르고 싶어서
혼자서 "엄마" 해볼 때가 있어.

엄마라고 더 오래 부를 걸 그랬어.

1부

母큐멘터리
'전지적 엄마시점'

미스이 기요에

내가 열 살이나 열한 살이나 되었을 때인데, 학교에 갔다가 집에 갔더니 아부지가 나보고 갑자기 미스이상~ 이렇게 부르더라구. 아부지 왜 그렇게 부르시냐고 했더니 이제 학교에 가면 니 이름이 '미스이 기요에'라고 하더라구. 내 이름을 한자로 풀어서 아부지가 일본 이름을 지어주신 건데, 그때가 창씨개명하라고 명령이 내려 왔을 때였어. 일본 이름으로 안 바꾸면 재미없다고 일본 순사들이 그랬다고 마을 사람들이 전부 이름을 바꿨어. 그때부터 학교에 가면 '미스이 기요에' 집에 오면 '윤희병' 그랬었어. 일본사람들이 학교를 보통학교라고 했다가 소학교라고 했다가 또 보통학교라고 했다가 국민학교라고도 하고 그랬는디, 내가 다닐 때는 소학교라고 했어. 소학교 때 그런 일이 있었지.

그리고 몇 년 있다가 히로시마에 원자폭탄이 터졌잖어. 히로시마에 원자폭탄이 터졌다고 아부지가 어디서 들으셨는지 말을 해줘서 알았는디, 무척 뒤숭숭했었어. 그 뒤로 며칠 있다가 또 원자폭탄이 터졌다는 겨. 그게 나가사키여. 나가사키에 원자폭탄이 또 터지고 나서 일본이 완전히 항복을 했잖여. 그래서 8. 15 해방을 맞이했어.

해방이 되었다고 하긴 하는디 나는 태어날 때부터 왜정시대에 태어났으니께 해방이란 게 뭔지도 잘 모르겠더라구. 그냥 일본 사람들이 일본으로 돌아가는 게 해방인 줄 알었지. 우리 학교 교장 선생님 딸이 '도야 사치에'였는디 나랑 친하게 지냈는디 사치에도 그때 일본으로 건너가고 못 봤지. 역사적으로야 해방이란 게 대단한 의미가 있는 거지만 친구랑 헤어지는 게 무척 서운했었지. 세월이 흘러도 가끔씩 그 친구 생각이 나더라구.

아부지랑 일본 여행을 가서 히로시마랑 나가사키도 가봤는디, 거기 기념관인가 가봤더니 원자폭탄이란 게 엄청나더라구. 히로시마는 원자폭탄이 공중에서 터지고 나가사키는 땅에서 터졌다는 겨. 나가사키에 폭탄 떨어진 자리가 부여 전체 면적만 하더라구. 그 원자폭탄이라는 게 어마어마한 거여. 북한 김정은이 원자폭탄을 겪어보지 않아서 뭔지 모르고 저러구 있는 겨.

원자폭탄 터지면 남한이구 북한이구, 일본이구 중국이구 다 죽는 겨. 그걸 모르니께 저러구 있는 거잖여. 아무튼 일본사람들이 쫓겨 가고 나서 그때부터는 학교에서 한글을 정식으로 가르쳐주더라구. 그때가 내 나이 열일곱인가 그랬는디 그때 처음으로 배운 한글이,

"니 머리에 꽃잎이 떨어졌구나"
"내 머리에도 꽃잎이 떨어졌니?"

한글을 집에서 아부지가 가르쳐줘서 알고 있었지만 정식으로 칠판에 써 가면서 선생님한티 배운 게 열일곱 살 때여. 그래서 지금도 생각이 나더라구.

구남매

옛날에는 자식을 낳기도 많이 낳았지만 잃기도 많이 잃었어. 무슨 병인지 모르고 잃을 때도 있었고, 약을 쓰면 낫는 병인 줄 알면서도 못 먹고 못 살어서 가난으로 잃기도 했었는디, 우리 집은 아부지 함자는 파평 윤씨 윤상기셨고 엄마는 김해 김씨 김마리아였는데, 우리 형제자매가 구남매지만 어려서 한 명도 잘못된 자식이 없었어. 그때는 1920년, 1930년대 이럴 때인데 그러기가 쉽지 않았거든. 그래서 동네 사람들이 우리 아부지랑 엄마한테 자식을 한 명도 잃지 않는 비결이 뭐냐고 물어보러 집에 오고 그랬을 정도였거든. 형제가 다섯 명이었어. 윤주병·윤지병·윤영병·윤유병·윤황옥 그리고 자매가 네 명인데 윤홍산예·윤원병 그리고 나 윤희병 그리고 막내가 윤순자여. 병자 돌림을 썼는데 어쩌다 보니까 세 명은 돌림을 안 썼더라구. 왜그러냐면 형제 중 막내 윤황옥이 태어날 때랑 자매 중에 막내인 윤순자가 태어날 때쯤 아부지가 무척 아프셨거든. 그래서 엄마가 대충 이름을 져서 면서기한테 올려버렸고 윤홍산예는 엄마의 친정엄마가 맡아서 키웠는데 이름을 그집에서 지어서 돌림자를 안 쓰고 그냥 지었다고 하더라구.

내 위로 오빠 한분만 돌아가셨고 내 위에 언니가 구십칠 세 잖여, 아직도 건강하게 살아계시지.

아부지가 멋쟁이셨는데 일찍 돌아가셨어. 그때로 치면 그렇게 일찍도 아니지만 오십 대에 돌아가셨지. 학교에서 학부형 총회 같은 걸 하면 아부지가 중절모에 세루 두루마기를 입고 학교에 오셨었어. 그때 당시에는 멋쟁이들만 입고 다니는 두루마기여서 아부지가 학교에 오시면 인물이 훤하고 맵시가 있다고 사람들이 쳐다보고 그랬었지.

아부지가 오십 대에 돌아가시고 엄마가 구십구 세까지 살다 돌아가셨으니까 반평생 혼자 사신 건데 아들이랑 며느리들이 지극히 잘 모셨어. 농담도 잘하고 항상 웃는 얼굴이셨는데, 돌아가실 때도 집에서 주무시다 편안하게 돌아가시고 따뜻한 봄날 날씨도 좋아서 꽃상여를 태워서 산소까지 가는데, 동네사람들이 다 나와서 만장*을 들고 두 줄로 쭉 따라오고 참 보기가 좋더라구. 사람은 잘 사는 복도 중요하지만 죽을 때 잘 죽는 복이 있으면 좋겠다는 생각이 들더라구. 나도 우리 엄마처럼 그렇게 떠날 수 있으면 좋을 텐데 말이여.

---

* 죽은 이를 슬퍼하여 지은 글. 그 글을 비단에 적어 깃발처럼 만든 것.

미역국

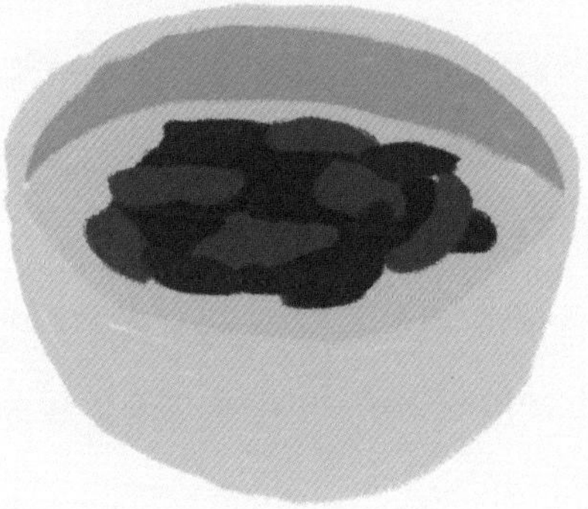

대전에 대동고녀라고 있었어. 여학교에 시험을 보러 가는디, 우리 마을에서 나랑 두 명이 갔어. 그 여학생은 일본인이었어. 하라다 상이라고 이름은 생각이 안 나는디 성씨가 하라다 상이었어. 아부지가 금융조합장이라 집이 잘 살아서 하라다 상은 아부지 회사 비서 같은 사람이 같이 가고 나는 혼자서 대전까지 시험을 보러 갔어. 시험 보러 가는 날 아침에 엄마가 밥 먹고 가라고 아침상을 차려 주는디, 시험 보러 가는 사람한티 미역국을 끓여서 내 왔더라구. 그래서 그때 생각에 학교 가면 돈이 드니까 내가 시험에 미끌어지라구 엄마가 미역국을 끓이셨나 그런 생각이 들더라구. 진짜 그래서 미역국을 끓인 건지 어쩌다 미역국을 끓인 건지 그건 잘 모르겠지만 미역국 보믄 지금도 그때 생각이 나드라구. 암튼 미역국을 맛있게 든든허게 먹구 대전까지 시험을 보러갔지.

양화면에서 강경까지는 목선이나 통통배 기선을 타고 가는 뱃길이고, 강경에서 내려서 대전까지는 기차를 타고 갔었어. 내가 국어 영어 음악 이런 과목은 잘했구 다른 과목도 어지간히 해서 자신은 있었는디, 대전에 도착허니께 기가 팍 죽더라구. 우리는 시험 보러 달랑 두 명이 왔는디, 대전 애들은 한 학교에서 한 오십 명씩 와서 줄 서서 하나둘 하나둘 구령 부쳐가면서 운동장으로 들어 오는디, 괜히 왔다는 생각도 들고 내가 하라다보다 공부를 잘허니께 재가 붙으믄 나도 붙것지 그렇게 배에다 힘도 주고 기운을 내서 시험을 봤는디, 나중에 보니께 둘 다 붙었드라구.

그래서 대동고녀를 다니게 됐는디 학비를 우리 오빠 윤주병 오빠가 대줬거든. 오빠가 공주 중학교를 세 번 떨어지고 면서기를 하고 있었어. 육법전서를 많이 봐서 무척 똑똑했었는디 학교를 자꾸 떨어지더라구. 근디 오빠가 군대를 가게 된 겨. 학비 대주는 오빠가 군대를 갔으니 어쩌켜, 나도 학교를 그만 댕기야지. 그래서 이 년 다니고 졸업을 못했어. 그때 대동고녀가 4년짜리 였는디 내가 그만두니께 육 년짜리로 바뀌더라구. 그래서 아쉽긴 했지만 어차피 그만두길 잘했다 생각하고 교사자격증 시험을 공부해서 교사가 된 겨. 사람 팔자는 참 모르는 겨. 내가 대동고녀를 다 마쳤으믄 교사시험을 그때 안 봤을 테구, 그럼 학교에서 교사하던 아부지도 못 만났을 거 아니냐구. 그러니께 사람은 다 팔자라는 게 있는 것 같어.

암튼 미역국을 보믄 그때 배 타고 기차 타고 대전까지 시험보러 가던 생각이 나대.

발다듬이

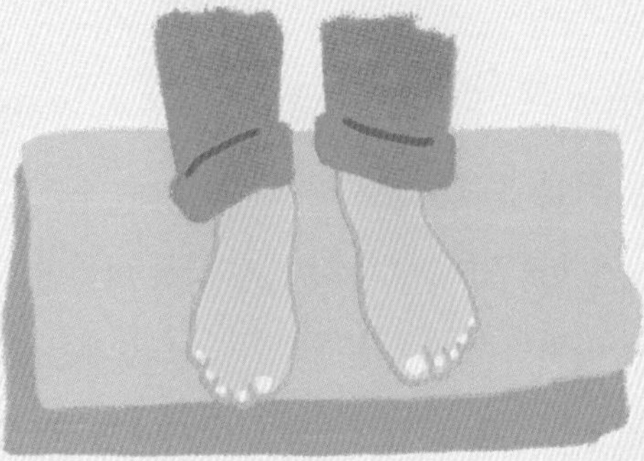

김마리아 우리 엄마가 아주 깔끔하시고 솜씨도 좋으시고 그랬어. 동네에서 소문난 살림꾼이었거든. 우리 구남매 옷도 옷감 사다가 다 만들어 입힐 정도로 솜씨가 좋았어. 미싱도 잘해서 미싱으로 교복도 만들어 입히고 멜빵 달아서 등에 메는 가방도 만들어주시고 그랬거든. 아무튼 옷을 단정하게 입혀서 내보냈어.

그때는 전기다리미 이런 것도 없고 이불 홑청 같은 거 빨으면 다듬이 돌 위에 올려놓고 다듬이 방맹이로 뚜드려서 구김도 피고 그랬어. 한복이나 교복 같은 건 숯불 다리미로 다렸는디, 무쇠로 된 다리미 안에 숯불을 넣어서 뜨겁게 달궈서 다리는 게 숯불 다리미여. 한복 동정이나 교복 에리나 소매 같은 데는 숯불에 인두를 달궈서 인두로 주름을 폈었거든. 입에다 물을 담아서 물을 한 번 뿜고 나서 다리야지 잘못하면 옷에 빵꾸가 나고 그랬어.

그런디 옷 한번 다리려면 숯불을 펴서 무쇠 다리미 속에 넣어서 다려야니까 무쟈게 성가시고 일이 많을 거 아녀. 그래서 명절 때라거나 잔치가 있다거나 무슨 특별한 일이 있을 때만 숯불 다리미를 꺼내서 쓰고 평소에는 발 다리미로 옷 주름을 폈었지.

발 다리미가 뭐냐면 주름 펼 옷을 잘 접어서 광목 천 같은 걸 위에 덮구 발로 밟아서 주름을 피는 겨. 발 다리미 하면서 우리 엄마가 노래도 한자리 부르기도 하고 옛날 얘기를 해주기도 하고 그랬단 말여. 그럼 그 얘기를 들으면서 스르르 잠이 들고 그랬던 생각이 나. 식구가 많으니까 엄마가 아부지 두루마기도 발 다리미로 피고 우리 입을 옷들도 발 다듬이로 피고 할라니까 노상 발 다리미질을 하는 겨.

틈만 나면 빨래를 접어서 발 다리미를 했는디, 발 다리미를 하면 노래를 하든 얘기를 하든 하니까 엄마가 발 다리미를 하면 옆에서 구경하고 있다가 나도 해보겠다고 해서 같이 발 다리미질도 많이 했었어. 근디 똑같이 발로 밟아도 엄마처럼 반듯하게 펴지질 않더라구. 엄마가 손 솜씨가 좋다고 했었는디, 발 솜씨도 아마 좋았던 모양이여.

재봉틀

오래된 미싱인데 지금도 잘도 돌아가. 결혼을 하고 나서 나도 교사였고 아부지도 교사를 했잖여. 둘이 벌고 알뜰하게 사니까 돈이 조금 모아지더라구. 그때 내가 새댁 시절인데 언니가 공주에 살았었거든. 공주에 가서 미싱을 한 대 사고 싶다고, 같이 사러 가자고 해서 미싱을 샀는디, 그 큰 걸 무거워서 들고 올 수가 없는 겨. 그래서 일꾼을 사서 미싱을 지게에 짊어지고 집까지 왔어. 그때 얼마 줬는지 잘 기억이 안 나는데, 그때는 국산 미싱이 없었고 일제 미싱을 쓸 때였거든. 우리도 일제 미싱을 샀는디 지금도 멀쩡하게 잘 돌아가. 의자에 앉아서 발로 페달을 밟으면서 미싱을 돌리는 건데, 미싱이 자개장처럼 생겼었지. 자개장 속에 미싱이 올라가 있고 양쪽으로 서랍이 칸칸이 달려 있어서 서랍에다 천 쪼가리도 넣어 놓구 실 바늘도 넣어 놓구 그랬었지.

그런데 어느 날 겨울, 미싱을 돌릴려구 서랍을 열어 봤더니 털도 안 난 새끼 쥐들이 옹기종기 모여 있는 거여. 그때는 여기저기 쥐가 참 많은 시절이었는디, 겨울에 날이 추우니까 쥐들이 거기까지 들어와서 새끼들을 낳았더라구. 쥐가 어느 정도 많았냐면 밤에 잘려구 불을 끄면 끄자마자 천장에서 쥐들이 우당탕탕 운동회를 시작혀. 얼마나 시끄럽게 천장을 달려다니는지 긴 빗자루로 천장을 쿡 쿡 찌르면서 잘 정도였거든.

암튼 미싱 얘기허다가 쥐 얘기까지 혔는디, 미싱으로 옷도 많이 만들어 입었어. 내 치마도 만들고 소데나시도 만들어 입고, 큰아들이 전쟁통 1951년에 태어났잖여. 큰아들 누비저고리도 만들어 입히고 곤색 바지도 만들어 입히고 그랬지. 학교 들어갈 때는 교복도 내가 만들어 입히고 딸들 태어나서도 고무줄 치마도 만들어 주고 천 쪼가리 남는 기레빠시로 밥상 덮어놓는 식탁보도 만들고 그랬지.

친정 엄마가 솜씨가 좋아서 우리 구남매 한복을 다 만들어 입혔거든. 아부지 두루마기두 직접 만들었구. 그러니 어릴 때부터 어깨너머로 보고 배웠지. 그때는 다 그렇게 뭐든지 어깨너머로 배웠어. 지금은 미싱이 별로 필요 없을 수 있지만 그때는 집집마다 미싱이 필수로 있던 시절이었어. 미싱을 돌려서 뭐든 만들던 때가 인생에서 좋았던 시절 같어.

아들 생각

어머니와 재봉틀

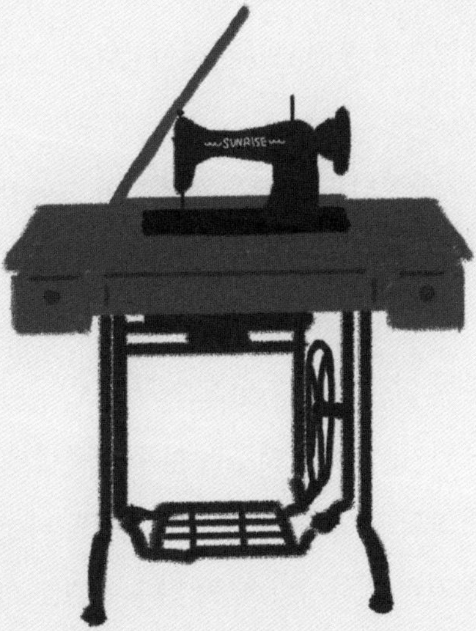

1960년대부터 70년대, 집집마다 TV가 없는 집들은 많았지만, 웬만한 중산층 가정이라면 재봉틀은 한 대씩 꼭 가지고 있었다. 지금처럼 수선집이 있는 것도 아니고 옷이 흔하던 시절도 아니어서 간단한 옷은 집에 있는 재봉틀로 엄마가 후루룩 뚝딱 만들어 입히던 시절이었다. 삯바느질로 집안 살림을 챙기는 집도 많았던 시절이어서 재봉틀이 지금의 냉장고나 세탁기처럼 그 자리에 없으면 불편하던 시절이었다.

노모의 청춘과 중장년과 노년을 함께하며 그야말로 엄마의 손때가 묻은 재봉틀은 일제 선라이즈 미싱이다. 물방울무늬를 일본식으로 땡땡이 무늬라고 흔히 말하듯이 미싱도 영어 '머신machine'의 일본식 발음인데, 지금도 재봉틀보다 미싱이란 말이 친숙한 걸 보면 내가 어릴 때부터 아주 익숙했던 집안 살림이었던 게 맞나 보다. 노모가 추측건대 미싱의 나이가 엄마보다 열 살은 많을 거라고 하시니 약 백 년은 공그르기를 하며 굴러온 것 같다. 원래 미싱의 양쪽으로 서랍이 있었고 발을 굴려서 작동하던 '발 재봉틀'이었다. 그런데 아부지가 살아생전에 전기로 개조를 해서 지금까지 백 년의 세월이 지났지만 미싱이 잘도 돌아간다.

어느 여름날 나의 반바지를 만들어 주기도 했고 형과 누이들의 교복 밑단을 줄이고 오버로크를 치기도 했던 추억의 미싱이기도 하다.

어느 한낮, 노모가 재봉틀을 돌려 미싱을 돌려 보자고 하면 나는 바늘귀를 꿰고 시다를 한다. 미싱은 보조를 하는 것보다 시다를 한다고 하는 게 어울리는 것 같다.

노모가 젊었던 시절, 화사한 양산을 펼쳐 쓰고 다니던 그 시절부터 돌아가던 미싱인데 빨간 꽃, 노란 꽃, 꽃밭 가득 피었을 시절을 지나서 이제 해진 삶의 마지막 천 조각을 꿰매야 할 지금까지도 엄마의 미싱은 잘도 도네, 돌아간다.

감나무

동네에서 우리 집을 감나무집이라고 부를 정도로 담장 밑에 큰 감나무가 있었는디, 감나무에 감이 얼마나 탐스럽게 열리는지 산에 올라가는 사람들이 지나가면서 가지를 하나씩 꺾어 가고 그랬었어. 우리가 어릴 때는 감꽃이 피믄 감꽃을 먹기도 하구 감꽃을 여러 개 엮어서 감꽃 목걸이도 만들어 놀기도 하구 그랬지.

감꽃이랑 감잎을 따서 뜨건 물에 우려먹으믄 좋다구 해서 겨울까지 잘 말렸다가 겨우내 먹으믄 감기도 안 걸리구 그랬었구, 감꼭지는 기침에도 좋구 천식에서 좋구 기관지에 좋다구 했어. 감나무도 버릴 게 하나 없는 나무여. 감이 파란 색일 때 미리 따서 우려먹기도 하구, 노란빛이 돌면 깎아서 매달었다가 곶감으로 먹기도 하구, 다 익으면 홍시로 먹구, 감나무 꼭대기에 매달린 홍시는 일부러 새들 먹으라구 안 따구 남겨 놨었어. 겨울에 눈이 오구 새들이 먹을 게 없으면 감나무로 날아오구 그랬거든. 암튼 버릴 게 하나도 없는 나무가 감나무여.

그래서 그랬는지 감나무에 올라갔다가 떨어지믄 불구가 되든지 바보가 되든지 삼 년 안에 죽던지 한다는 무서운 말들을 어른들이 많이 했었는디, 생각해 보니까 감나무가 가지가 약해서 부러질 위험도 많지만 버릴 거 없는 귀한 나무니께 못 올라가게 하려구 일부러 그런 얘기들을 만들어 냈나 하는 생각도 들더라구.

감나무는 감꽃이 피는 초여름에도 참 보기가 좋구 한겨울에 감나무 가지에 눈이 쌓여도 참 보기가 좋더라구. 소나무나 밤나무나 그런 나무도 나무마다 이쁜 게 있지만 울 안에서 오래 봐서 그런지 감나무가 참 정이 가는 나무여.

아카시아

내가 어릴 때는 왜정 때 배가 고프던 시절이었잖여, 여름이 시작되믄 아카시아 나무에서 꽃이 피믄 앞산이 쌀밥처럼 하얗게 변했어. 아카시아 꽃이 피믄 밤에도 마을이 훤했거든. 아카시아 나무가 워낙 잘 자라고 번식을 잘해서 산에 아카시아 나무가 있으믄 다른 나무는 잘 크질 못해서 얼마 없구 온통 아카시아 나무여.

여름에 아카시아 꽃이 피고 칡꽃도 피고 밤꽃도 피믄 산으로 아카시아 꽃을 따먹으러 갔었어. 손으로 아카시아 꽃 한 송이를 쥐고서 훑으믄 손에 가득 아카시아 꽃이 한주먹이여. 그걸 먹으믄 꽃잎이 참 달콤하고 맛있었어. 지금이야 그걸 왜 먹것어 허지만 그때는 그게 맛이 있었거든. 그리고 아싱개(싱아)라고 여름에 나는 풀인디 그것도 줄기랑 잎이랑 따 먹었었어. 아카시아 꽃은 달달하고 달콤했고, 아싱개(싱아)는 새콤하니 신맛이 났었어. 아카시아 꽃은 요즘도 보이지만 아싱개(싱아)는 본 지가 오래됐네.

그리구 봄에는 진달래 꽃잎도 따 먹고 찔레꽃이 피기 전에 찔레순이 나오면 찔레순도 따 먹고, 예전에는 산으로 들로 다니면서 이것저것 꽃잎도 많이 따 먹었던것 같어. 배고픈 시절이니께 따 먹었지 요즘 사람들이 그걸 왜 먹것어.

왜정 때는 배고픈 사람들이 많았잖여. 대동아 전쟁 때는 군수물자로 쓴다고 순사들이 집집마다 뒤져서 솥단지며 놋그릇까지 뺏어가구 그랬던 시절이니께. 왜정 때 일본순사들은 무서웠어. 애기가 배고파서 울면 “순사 온다, 순사가 와서 잡아간다” 하면 우는 애도 울음을 뚝 그치던 시절이었으니께. 아카시아 꽃을 보믄 그때 생각이 먼저 나더라구.

찔레꽃

찔레꽃이 필 때는 딸네 집에도 안 간다고 했어. 왜냐믄 이때가 보릿고개 때거든. 작년 추수한 쌀은 떨어지구 햇보리는 아직 여물지도 않어서 집안에 곡식이라고 없는 때가 보릿고개 때란 말여. 이때는 어느 집이든 손님이라구 찾아가믄 민폐란 말이여. 이때는 이웃집을 가두 우물가에서 물이나 한잔 마시구 밥 때가 되기 전에 후딱 일어서야 헌단 말이여.

꼭 보릿고개 이맘때쯤 찔레꽃이 피는디, 찔레 순이 연하고 맛이 있어서 보릿고개 때 동네 돌아다니믄서 동무들이랑 찔레순을 많이 따먹었어. 요즘에 그런 말을 허믄 호랭이 담배 피던 시절 얘기라구 허지만, 그때는 배고프던 시절이라 찔레꽃이 필 때는 찔레순 따먹으러 다니는 게 당연했었잖여. 찔레꽃이 필 때가 모내기 철이여. 마을에 찔레꽃이 환하게 피믄 한 해 농사가 시작된다는 신호여. 이맘때가 일 년 농사 중에 젤 중요한 모내기 철인디, 찔레꽃이 필 때 비가 많이 오믄 올해는 풍년이라구 했구, 이맘때 비가 안 오믄 찔레꽃 가뭄이라구 해서 보나마나 농사가 잘 안 된다구 혔었어. 나무 하나를 심어두 그렇지만 모내기를 허구 나서 비가 충분히 와야 곡식이 잘될 거 아녀. 모내기를 허구 나서 몇 날 며칠 비가 안 오믄 동네 분위기가 뒤숭숭하구 비가 시원하게 내리믄 동네 사람들두 좋아했었어. 가뭄이 들면 농사꾼끼리 논에 물고를 트구 닫구 하느냐구 옥신각신 쌈두 나구 그러니께. 찔레꽃이 필 때는 무조건 비가 와야 혀. 찔레꽃 노래가 있잖여. 옛날 노랜디,

"찔레꽃 붉게 피는 남쪽 나라 내 고향~" 그런 노래가 있는디 내가 그 노래 들을 때마다 찔레꽃이 하얀색인디 왜 붉게 피었다구 혔을까 그런 생각이 들더라구. 우리가 어릴 때 동네에 지천으로 피던 꽃이라 많이 보기도 하구 찔레순도 많이 먹기도 하구 가차이에서 봤지만, 빨간 찔레꽃은 본 적이 없구 가끔씩 분홍색 찔레꽃은 본 적이 있는디, 그것두 멀리서 보믄 내내 흰색으로 보이지 붉게 핀 찔레꽃은 본 적이 없다니께.

보리

이것저것 참 애끼면서 살었지. 누구나 다 애끼고 살 때였지만, 나는 밥 한톨도 허투루 버리면서 살들 안 혔잖여. 호강에 겨우면 오강에 똥 싸는 소리 헌다구 허는디 먹고살 만할 때도 애끼는 게 몸에 배어 있잖여. 오죽허믄 내가 시집올 때 가져온 깍두기 항아리가 지금도 있잖여.

왜정 때 태어나고 자란 사람들은 아까워서 뭐든 버릴 줄 몰라. 마당에 쏟아지는 햇볕도 아까운 겨. 저기다 고추라도 널면 잘 마를텐디, 이불 홑청이라도 뜯어다 빨으야것다 햇볕이 아까워서, 그르케 애끼믄서 살았잖여.

예전에는 보릿고개라고 있었잖여. 음력 4월쯤이믄 작년에 추수한 쌀들이 거진 떨어진단 말여. 그럼 보리싹이 언능 나야 보리쌀이라도 먹는디, 춘궁기 때는 보리쌀이 왜 그리 더디 나는가 그때를 보릿고개라고 했어. 배고픈 고개다 그말이여. 우리가 배부르게 밥 먹고 지낸 지가 따지고 보믄 얼마 안 된단 말여.

봄에 보리가 잘 올라 오라구 보리밟기라는 것도 했었잖여. 이, 삼월에 땅이 녹기 시작하면 얼었던 땅이 올라오면서 보리 씨앗도 같이 올라와서 보리가 못 자라니께 보리 뿌리가 땅에 잘 붙어 있으라구 한 번씩 밟아줘야 했어. 학생들이 단체로 보리밭에 들어가서 밟는 게 겨울 보리농사 때 중요한 일이었어. 학생들이 겨울에 보리밟기 하는 게 당연하게 생각되던 때여. 요즘 학생들한테는 그런 거 시키믄 안 되것지만, 그때는 당연하던 때란 말이지. 보리도 귀했던 시절이니께 말여.

미나리

꽃이 있는 곳에 벌이 따라 다니듯이 물이 있은 곳이믄 어디든지 미나리가 있었잖여. 미나리꽝이라구 해서, 개울가나 도랑이나 웅덩이나 물만 있으믄 미나리가 소담허게 자라구 있는디, 향기도 좋고 맛도 좋아서 맛은 귀한 맛인디 자라기는 천허게 막 자라는 채소여. 미나리를 뜯어 먹구 줄기를 꽂아 두면 줄기에서 또 미나리가 나오니께 씨를 뿌릴 필요도 없었는디. 응달에서도 잘 자라구, 가뭄에도 잘 자라구, 구정물에서도 잘 자라면서 구정물까지 맑게 허는 게 미나리여. 지금이야 사시사철 채소를 먹을 수 있지만 예전에 채소가 귀헐 때 미나리가 참 반가운 손님이었어.

봄이 올라구 하면 코끝에 찬바람이랑 봄바람이랑 같이 불잖여. 그때 미나리 향기도 같이 나는디, 그때쯤이믄 집집마다 미나리랑 돌나물을 뜯어다가 나박김치를 담궜었어. 겨울 동안 묵은 김장김치만 먹다가 미나리 나박김치 한 그릇을 먹으믄 코밑부터 명치 끝까장 미나리 향기가 기가 맥히게 좋잖여. 말하자믄 이게 새해 첫 채소인 겨. 봄동보다도 먼저 미나리가 나오니께 이걸 뜯어다가 김치도 담구고, 물에 데쳐서 초고추장도 찍어먹구 동태탕에도 넣구, 민물 매운탕에 넣으믄 비린내도 싹 잡아주구, 들기름에 지져서 부침개도 해먹구, 맛도 좋구 몸에도 좋은 게 미나리인디. 술먹는 사람들 간 해독에 좋아서 해장국 끓여 낼 때 미나리가 꼭 들어갔었구, 여름에 땀띠 나는 애들 많잖여, 그럴 때 미나리를 돌에 찧어서 비닐에 싸서 땀띠 난 곳에 붙이구 하룻밤만 자믄 땀띠가 쏙 들어간다는 게 미나리여. 마을에 미나리꽝이 어디든 하나씩은 있어서 마을 어른들은 누구나 미나리를 많이 먹었는디, 미나리에 거머리가 붙어 있기도 허니께, 애들은 미나리를 별로 안 좋아했었어.

언젠가 막내가 어릴 때 주산학원에서 은진미륵이 있는 관촉사로 일요일날 소풍을 간다구 김밥을 싸오랬다구 해서 김밥을 싸줬는디, 김밥에 시금치 대신 미나리를 넣어서 싸줬더니 하나도 안 먹구 가져왔더라구. 그래서 왜 안 먹구 가져왔냐구 허니께, 엄마가 김밥에 석유를 넣었다는 겨. 아니 김밥에 석유를 왜 넣것어, 미나리에서 나는 미나리 향인디, 그게 어떨 때 맡아보믄 석유냄새 비슷허기도 허니께 그걸 모르구 김밥에 석유를 넣었다구 허드라구. 미나리 보믄 그 생각이 나더라구.

김장

요즘은 김장을 안 허는 집도 많지만 예전에는 김장을 했다 하믄 집집마다 배추 백 포기는 기본으로 혔었어. 김장철이 되믄 동네에 배추 절이는 풋내가 둥둥 떠다녔었어. 배추뿐이간디, 파김치랑 동치미도 꼭 같이 담궜었지. 우리집 동치미가 맛있다는 소리 많이 들었어. 무우도 미끈허구 통통허니 이뻐야 맛도 좋은 겨. 무청도 억신 건 짤라내구 연한 것만 조금 넣구, 동치미 육수도 황태를 푹 삶아서 쓰고, 소금도 그냥 소금 안 썼어. 천일염도 오월이랑 유월이 바람도 좋구 햇볕이 좋아서 달고 짜고 고소한 맛이 나거든. 그때 꺼 사뒀다가 쓰고, 배추김치에 들어갈 고추도 미리 사놨다가 가을볕에 몇 번이구 말려서 썼지. 김장철이 따로 있는 게 아니라 그냥 한 해가 계속 김장철인 겨. 조금씩 조금씩 재료를 준비해놔야 되니께.

그리고 동치미에 청각이 빠지믄 소용없어. 청각이 꼭 들어가야 동치미 국물이 시원하거든. 요즘엔 그런 동치미 국물을 어디 가두 먹어 볼 수가 없어. 맛있는 식당이라고 가도 동치미 국물이 칠성사이다 맛만 나더라구. 앞마당에서 큰 다라이를 여러 개 놓구서 동네 아줌니들이랑 김장을 담구고 있으믄, 아부지가 뒷마당에 김장독 묻을 구덩이를 팠어. 옛날에는 냉장고가 있을 겨 김치 냉장고가 있을 겨. 그러니께 이듬해 봄까지 김치를 먹으야니께 큰 항아리에 담궈서 땅에 묻었잖여.

그때는 눈도 왜 그리 많이 내렸나 몰러. 어느 날 아침에 일어나서 마당에 나가 보믄 온 천지가 하얀디 뒷마당도 눈에 다 덮혀서 김장독이 어디 묻혔나 한참 찾기도 허구 그렸어.

김장 백 포기 해서 땅에 묻어놓구, 연탄 백 장 사서 연탄광에 쌓아 놓구, 쌀 한 가마 사서 뒤주에 쟁여 놓으믄 맘이 든든하구 그랬어. 그래야 겨울 날 준비가 끝나는 거니께. 김장이 말하자믄 월동 준비인 거니께 말여. 힘들긴 했어도 그때가 사는 재미는 좋았어.

아들
생각

월동 준비

겨울이 시작되면 아부지는 연탄 광에 연탄을 채우는 게 급선무였다. 연탄을 채우고 나면 뒤꼍에 김장독을 묻고 비로소 김장이 시작되었다. 그때는 어느 집이든 백 포기 이상은 해야 김장 같았던 시절이었다.

엄니의 진두지휘 아래 떠들썩한 김장이 끝나면 뒤주에 쌀을 한 가마 채우는 게 월동 준비의 마지막이었다. 연탄광, 김장독, 뒤주 세 곳을 채우고 나면 펄펄 눈이 날리기 시작하고 예배당 종소리가 울리고 동네 형들과 누나들이 새벽 송을 돌면 성탄절이 오곤 했었다.

눈이 펄펄 내리던 성탄 새벽에 따뜻한 이불 속에 누워서 듣던 새벽 송이 천상의 소리처럼 고요하고 거룩한 기억으로 남아 있다. 그렇게 겨울이 시작되곤 했었다.

호박

호박처럼 이쁜 게 없는디 왜 못생긴 사람을 보믄 호박 같다고 허는지 그 이유를 잘 모르것더라구. 호박이 버릴 게 하나도 없는 게 호박인 겨. 담장 밑이나 아무데나 씨 몇 개 쿡 박아놓으믄 지가 알아서 크잖여. 비료를 주기를 허나 줄기를 솎아주기를 허나, 그냥 냅두믄 지가 햇볕도 쬐구 비두 맞구 바람도 맞구 혼자 크는 겨. 혼자 커서 애호박은 애호박대로 늙은 호박은 늙은 호박대로 쓸모가 다 있잖여. 늙어서 쓸모없는 것도 많지만 호박은 안 그런 겨. 애 낳고 나서 산모들 몸보신헐 때 늙은 호박처럼 존 게 없는 겨. 푹 고아서 먹으믄 붓기도 빠지고 젖도 잘 나오구 그르케 좋을 수가 없어.

애호박은 애호박대로 호박전도 부쳐 먹고 된장 끓일 때 숭덩숭덩 썰어서 넣고 푹 끓이믄 호박은 이가 안 좋은 노인들도 잇몸으로도 먹는 겨. 오죽허믄 삶은 호박에 이도 안 들어가는 소리 허지 말란 말도 있잖여. 호박에는 당연히 이가 들어가니께 나온 소리잖여. 곶감 말리듯이 호박을 썰어서 소쿠리에 담아서 말리면 호박 나물도 해먹고 떡할 때 떡시루에 호박 말린 거 넣어서 같이 찌믄 호박떡도 맛이 있구 버릴 게 하나도 없는 게 호박인 겨. 소 한 마리를 잡으믄 버릴 게 하나도 없다고 허잖여. 고기는 고기대로 내장은 내장대로 소머리랑 소족이랑 버릴 게 하나도 없는디, 호박이 그렇단 말여.

소처럼 정성을 기울여서 사료 먹이고 풀 뜯겨 가며 키우지 않어도 호박은 담장 밑이서 지 혼자 크고 자라는디도 버릴 게 하나 없단 거여. 호박씨까지도 말려놨다가 까먹잖여. 그렇게 쓸모가 많은 호박인디 못생긴 사람 보고 호박 같다고 하믄 안되구, 쓸모가 많은 사람 있잖여, 그런 사람 보고 호박 같다고 허는 게 맞는 겨. 혼자 자수성가해서 재주가 많고 쓸모가 많은 사람보면 "아 저 냥반은 참 헐 줄 아는 게 많고 하나도 버릴 게 없어서 참 호박 같구만" 그래야 맞는 말이라 이거여.

능소화

매화가 피믄 봄이 오듯이 능소화가 피믄 여름이 온 겨. 능소화가 싹이 늦게 나오는디 싹이 나올 때 양반 걸음걸이처럼 느릿느릿 나온다구 해서 양반나무라고도 했었잖여. 싹이 느리게 나오는디, 꽃이 피기 시작허믄 꽃이 얼마나 푸짐허게 피나 몰라. 가지가 덩쿨처럼 올라와서 아부지가 철근을 둥그렇게 모양을 내서 능소화 틀을 만들어 줬잖여. 능소화가 둥근 철근을 타고 자라서 마당 한가운데서 둥근 터널마냥 그렇게 꽃이 폈었어. 매미가 한참 울 때 능소화도 피는디 해가 쨍쨍할 때 꽃이 나팔꽃처럼 확 피어나면 그렇게 이쁠 수가 없어. 소화라는 궁녀가 있었다는 겨, 그런 말이 있었어. 진짠지는 나도 모르지.

임금을 기다리다가 지쳐 죽어서 핀 게 능소화라고 그런 말이 있었는디, 꽃이 활짝 피믄 해필이믄 그때가 장마가 시작될 때거든. 그럼 그렇게 이쁘게 펴놓구서 그 장마비를 다 맞고 능소화 꽃이 다 떨어지거든. 그래서 참 꽃이 고운디 참 아깝다, 장마가 지나구 피던가 하믄 더 오래 필 텐디, 왜 해필이믄 장마가 시작되기 직전에 활짝 피어가지구 그 비를 맞고 다 떨어지는가 참 애석허다, 그런 생각이 들어. 능소화는 이쁘고 화사허지만 애석하기도 하다 그런 생각이 들더라구.

저 윗집에 구아리 41번지 살 때 그 능소화를 이사 오면서 캐다가 심었는디 지금도 잘 자라잖여. 능소화가 참 이쁜디 또 억척스럽기도 한 것 같어. 이쁘고 억척스럽구 애잔허기도 혀.

매실

집안 뜰에 매실나무가 있으믄 참 좋아. 매실 나무에서 꽃이 피믄 그게 매화꽃인디, 겨울이 지나자마자 쌀쌀한 날씨에도 젤 먼저 피는 꽃이 매화꽃이여. 매난국죽이란 말도 있잖여. 눈 속에서도 핀다고 사군자 꽃이라구도 허잖여. 매화가 피면 추워도 봄이 오는 겨. 그 담에 개나리도 피고, 진달래도 피고, 벚꽃도 피고, 찔레꽃도 피고 장독대 옆에 앵두나무 꽃도 피고 그러잖여. 우리 집에 꽃나무가 얼마나 많었어. 울타리도 탱자나무 울타리였잖여. 탱자꽃도 이뻤지. 아무튼 간에 이른 봄에 매화꽃이 피면 꽃향기가 동네에 둥둥 떠다니는 것 같어서 기분이 참 좋아. 매실이 열리기 시작하면 소나기 내리듯이 매실이 정신 없이 열리는디, 매실을 집집마다 많이 심은 것도 박정희 대통령 때, 새마을 운동 때 심은 겨. 열매가 많이 열리니께 농가에 돈도 되구 매실이 몸에도 참 좋잖여.

6월 달 들어서믄 모내기 하고 보리베기 하는 '망종'이 있잖여. 망종이 지나고 매실을 따면 씨가 여물어서 좋아. 그 매실을 따서 물에다가 식초 넣구 깨끗이 닦어서 소쿠리에 담아놨다가 물기가 다 마르면 매실이랑 설탕을 넣구 매실청을 담궈 놓구 다음 해 봄까지 약처럼 먹는 겨. 매실청이 소화제여. 소화 안 될 때 그거 한잔 물에 타 마시면 소화가 금세 되구 혈압에도 좋구 암에도 좋구 아무튼 매실이 몸에는 다 좋다는 겨.

매실을 따면 절반은 매실청을 담구고 절반은 매실주를 담궈. 매실주도 똑같이 설탕 넣구 소주를 채워 넣는 건디 어느 정도 우러나면 매실을 건져내는디, 건져낸 매실로 장아찌를 해서 먹기도 하고 그랬지. 매실주도 해마다 담궜는디 아부지 아프고 나서는 안 담궜어. 담구믄 뭐혀, 아프니께 매실주 한잔 자시질 못하잖여. 아부지 돌아가신 지가 십 년이 되었는디, 그때 담군 매실주가 그대로 있잖여. 십 년 동안 매실주가 우러날 대로 우러났는디 그거 한잔을 못 자시잖여. 죽으믄 그걸로 끝인 겨. 매화꽃이 아무리 좋으믄 뭐하구 매실주가 아무리 맛나믄 뭐할 겨. 죽으믄 그걸로 끝이잖여.

숙주나물

숙주나물을 무치면 얼른 먹어야지, 숙주나물은 금방 상한단 말여. 조선시대 신숙주가 변절을 했다구 해서 녹두나물을 숙주나물이라고 했던 거라는 겨. 왜 그 말을 하냐믄, 신숙주하고 정반대가 조선시대 사육신인디, 사육신 중에 우리 집안 김문기 할아부지도 사육신이여. 아부지가 규자 돌림이잖여. 김녕 김씨 충의공파 26대손이여. 아들 진태가 27대손이구, 손자 태연이가 28대손이잖여. 김녕김씨가 벼슬한 사람들도 많었어. 아부지랑 항렬이 같은 규자 돌림인 김재규도 우리 집안이구, 우리 종친회장도 하구 그랬단 말이여. 김영삼 대통령도 김녕 김씨여.

그런디 집안사람들을 가만히 보면 김영삼 대통령도 대통령을 허긴 했어도 야당생활 한다고 평탄허게 못 살었구, 김재규도 평탄허게 못 살았구 반골기질이 많은 것 같더라구. 한평생 바람 잘 날 없이 살으야는디 사육신 김문기 할아부지도 그렇구 집안 내력에 반골기질이 있는가 그런 생각이 들더라구.

사람이 숙주나물처럼 여반장으로 손바닥 뒤집듯이 변해도 안 좋지만 반골기질이 너무 쎄두 안 좋은 겨. 모난 돌이 정 맞는다구 허잖여. 그저 바람이 불면 부는 대로 순리대로 사는 게 젤 좋은 겨. 어차피 한평생 살다 가는 거 복잡허게 살 거 뭐 있겄어. 맞는 말인지 틀린 말인지 몰라두, 내 나이 되니께 그런 생각이 든다는 겨.

토끼풀

겨울에 눈이 많이 내리면 토끼몰이 한다고 동네 사람들이 산으로 몰려 갔었는디, 토끼몰이를 할 때는 산꼭대기에서 아래로 몰으야 토끼를 잡을 수가 있지, 밑에서 위로 몰믄 토끼를 따라 잡을 수가 없는 겨. 왜냐믄 토끼가 뒷다리가 길고 앞다리가 짧아서 산 아래로 몰면 제대루 뛰어서 도망을 못 가구 앞발이 짧으니께 뒹굴게 되거든. 그래서 산토끼를 잡고 그랬는디, 토끼가 번식력이 좋아서 농가에 돈이 되니께 너도 나도 집집마다 집토끼를 키웠었어. 토끼가 새끼를 배면 한 달이면 새끼를 나니께, 열 마리를 키우믄 백 마리 되는 게 잠깐인 겨. 새끼를 쳐서 장에다 내다 팔면 돈이 되니께, 토끼 팔어서 쌀도 사고 콩도 사고 그런 집이 많았었잖여.

우리 집도 토끼를 키웠는디 토끼가 많으니께 그때는 마을에 족제비도 많았어. 족제비가 토끼장이랑 닭장에 쳐들어와서 밤마다 소란을 피구 그랬잖여. 토끼가 좋아하는 풀이 토끼풀인디 토끼풀을 뜯어다 토끼도 먹이고 토끼풀에 하얀 꽃이 피믄 그 꽃으로 꽃반지도 만들고, 꽃시계도 만들고, 꽃 목걸이도 만들고 그러구 놀았어.

동무들이랑 뒷동산에 올라가믄 지천에 깔린 게 토끼풀이구 하얗고 동그란 꽃이 피어 있었던 생각이 나는디, 동무들 얼굴도 이름도 지금은 잊어먹어서 생각이 안 나는디, 잔뜩 나 있던 토끼풀이랑 꽃반지는 세월이 흘러도 지금도 생각이 나네.

유성온천

태어나서 처음으로 온천을 갔었는데 거기가 유성온천이었어. 옛날에는 대중목욕탕도 없던 시절이라서 겨울에는 가마솥에 물을 끓여서 부엌에서 아궁이에 군불 펴놓고 때도 밀고 그랬는데, 온천이란 곳을 가보니 얼마나 신기했겄어. 아부지랑 엄마랑 두 분이서 갈 계획이셨는데 내가 따라가겠다고 했어. 아부지가 나를 예뻐하셨거든. 그러니까 대두병을 들고 앞장서라고 하시더라구. 목욕을 하고 나서 대두병에 온천물을 받아 오시려고 하셨던 거여. 온천물이 좋다구 해서 속병 있는 사람들은 마시면 좋고, 피부병이 있는 사람들은 몸에 바르면 좋다고 했거든.

그때는 플라스틱이 없던 시절이니까 대두병이 집집마다 있었어. 왜냐면 호롱불을 키려면 석유도 받아와야 하고 들깨나 참깨로 기름을 짜도 대두병에 받아오고 주전자도 흔치 않은 시절이니까 술도 대두병에 받아오던 시절이거든. 대두병이 쓸데가 많았었지. 그때가 내가 소학교 3학년이나 됐을까 할 때인데 왜정시대(일제강점기)니까 일본사람들이 온천을 좋아하잖여, 그래서 유성에 물이 좋다구 일본 사람들이 온천 개발을 막 했을 때거든. 그러니 전국에서 대두병을 들고 유성 온천에 사람들이 몰려왔던 거지.

양화면에서 버스를 타고 두계라는 곳에서 내렸는데, 두계에서 유성까지는 걸어가야 된다는 겨. 두계에서 내려서 흙길을 걷기 시작하는데 걸어도 걸어도 유성이 안 나오고 별이 총총 뜨더라구. 내 기억으로 대여섯 시간은 걸었던 것 같어. 그런데 유성에 도착해 보니까 굉장하더라구. 큰 기와집들도 많고 여관도 많고 식당도 많고 그렇게 큰 상점들은 태어나서 첨 봤으니 얼마나 놀랬겠어. 큰 사자상도 있고 용인지 잉어인지 큰 그림들이 여기저기 걸려 있던 기억이 지금도 나.

허기가 져서 여관을 잡아놓고 저녁밥을 먹는데, 아부지가 비린 것을 먹지 말라고 하면서 밥상 위에 있는 새우젓도 내려 놓으시더라구. 왜 그랬나 모르겠는데 온천욕을 하기 전에 비린 음식을 먹으면 부정을 탄다나 그랬던 것 같아. 암튼 밥을 먹고 나서 온천탕에 처음 들어갔는데 물이 그렇게 뜨겁고 그렇게 매끌매끌 할 수가 없더라구. 신기하고 기분이 무척 좋았었어.

그때 온천욕을 하고 아부지랑 엄마랑 셋이서 여관방에서 자본 게 처음이자 마지막이었어. 아부지 돌아가시고 엄마 돌아가실 때까지 같이 온천을 못 가봤지. 지금 다시 생각해 봐도 엄마랑 아부지랑 셋이 누워서 한 번 더 자보고 싶어. 내가 죽어서 엄마랑 아부지를 만나면 같이 온천 한 번 더 해보자고 그러구 싶어. 셋이 나란히 누워서 잠도 자보고 싶고, 그날 밤이 아주 대보름달처럼 기억이 환해. 다 보이는 것 같아.

그런데 더 기억에 남는 건 다음날 일어나서 가져간 대두병에 온천물을 담았는데 유성에서 두계까지 걸어가면서 대두병을 놓쳐서 깨져버렸거든. 힘들게 거기까지 가져가서 물을 담아 온 건데 깨져버렸으니 얼마나 속상했겠어. 내가 주저앉아서 울고불고 하니까 아부지가 괜찮다 괜찮다 하시더라구. 아부지가 참 인자하신 분이셨어. 지금도 그때가 눈에 선하네.

아들 생각

눈이 내리면

온천에 가보고 싶은 소망이 있어요. '가와바타 야스나리'가 머물면서 《설국》을 집필했다는 료칸이 일본의 니가타 현에 그대로 보존되어 있다던데, 니가타 현에 눈이 그리 많이 내린다던데, 요즘은 우리도 흔히 먹는 쌀 '고시히카리'가 나는 고장이라서 사케도 참 맛있다던데, 시마무라와 고마코가 사랑을 나눈 설국의 온천과 눈과 사케의 마을 니가타 현에 언젠가 한번 가보고 싶은 소망이 있어요.

거기까진 못 가도 충남 예산에 있는 덕산온천 '세심천'에 가도 편백나무 히노키 노천탕이 있다던데, 눈이 내리면 니가타 현은 고사하고 덕산온천이라도 가보고 싶은 소망이 있어요.

엄마가 외할아부지와 외할머니와 손을 잡고 유성온천에 갔듯이, 나도 언젠간 꼭 갈 수 있겠지요. 눈이 내리면 온천에 가고 싶어요.

도마

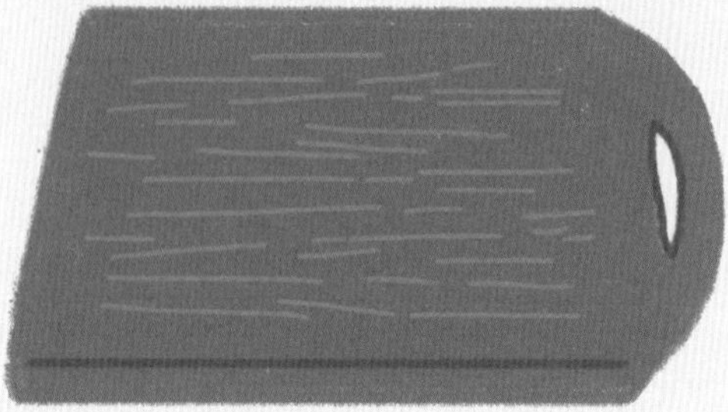

부엌에 있는 도마를 볼 때마다 도마에 난 칼자국이 사람 얼굴에 있는 주름 같어서 안쓰럽드라구. 참나무나 박달나무나 소나무를 대패질해서 도마를 만들어 놓으믄 처음에는 반들반들 윤이 나구 딴딴하고 매끄럽고 그러잖여.

그 좋던 도마도 몇 년 쓰믄 칼자국 나구 형편없어지잖여. 살다 보믄 사람 얼굴에도 주름이 지잖여. 주름을 보구 세월이 주는 훈장 같다구 허는디, 도마에 난 칼자국이 훈장 같은 겨. 누구네 집이든 간에 도마 위에서 칼질을 해서 식구들 다 멕여 살리잖여.

내가 젊었을 때 부엌에서 도마를 이렇게 내려다보구 있으믄 도마가 참 안쓰럽다, 그런 생각이 들더란 말이여. 그럼 내가 도마를 행주로 깨끗이 닦어서 햇볕 좋은 장독대 위에다 올려놔두고 그랬어. "도마야, 수고가 많구나. 햇볕 좀 쐬구 한숨 푹 자라" 그렇게 말은 안 했지만 그런 마음이 들더라구.

눈

요즘에는 지구가 따뜻해져서 한겨울에도 눈이 잘 안 온다구 허는디, 우리 어릴 때는 눈이 참 많이도 내렸어. 푸짐허게 많이도 내렸지만 밤새 소리도 없이 조용허게 내렸던 것 같어. 초가지붕 위에 내려 앉어서 조용했는가 어쩐가는 모르것는디 눈이 까치발을 들고 내리드라구. 어쩌다가 밤에 눈이 떠져서 요강에 일을 보고 있으믄 밖이 환해진 기분이 든단 말여. 해가 떠서 환해지는 게 아니라 눈이 오믄 밤에도 천지가 환해진단 말여.

앞산 너머에 달이 휘엉청 떠 있는디, 눈이 내리믄 사방이 더 훤하잖여. 그럼 어서 아침이 왔으믄 좋겄어. 어릴 때는 눈이 오는 게 그렇게 좋더라구. 놀 게 없어서 그랬는가 눈만 오믄 그렇게 좋았어. 일찍 일어나서 넉가래로 눈 치우는 것도 재밌고, 엄마가 손뜨개로 짜준 벙어리장갑을 끼고 교회 앞마당에 가서 눈사람도 만들고 눈썰매도 타구 그랬었지. 눈이 내린 날은 애들이 일찍부터 뛰어 놀아서 배가 일찍 고프고 많이도 고플 거 아녀, 그려서 눈이 내린 날은 집집마다 초가집 위로 밥 짓는 연기가 일찍 올라갔었어.

겨울이믄 해가 짧으니께 산 뒤로 해만 넘어가면 깜깜허니께 집집마다 부뚜막에서 나무를 때믄 나무 타는 냄새가 나고 밥 짓는 연기가 마을에 둥둥 떠다니는 겨. 눈 덮인 초가지붕 위로 연기가 뭉실뭉실 올라오는 모습이 눈에 선허게 보이는 것 같어. 나이 들고 늙어서는 그런 걸 본 적이 없었나, 볼 정신이 없었나 모르겄지만 우리 어릴 때는 겨울이 길고 추워서 싫기도 했지만 눈 내리는 날은 참 좋았던 추억이 있어.

홍어

옛날부터 홍어는 먹고 나서 탈이 나는 사람이 없다고 했어. 뱃속도 편하고 맛도 좋아. 우리 집도 명절 때나 제사 때는 꼭 홍어를 상에 올렸었잖여. 얼마 전에 장날 나가보믄 국산 홍어는 불그스름 허구 빛깔이 좋아. 칠레 홍어는 붉은 기가 좀 적구, 아르헨티나 홍어는 붉은 기도 을마 없구 맛도 좀 모지랐지. 우리는 어릴 때부터 홍어를 먹고 자랐었어.

그때가 왜정 때라서 일본 사람들이 물자를 빼갈려구 목포나 군산 쪽에 뱃길을 열어 놨었거든. 그럼 상인들이 목포나 군산에서 잡은 홍어를 싣고 금강까지 올라온단 말여. 강경 장날에는 강경포구에 배를 대구, 양화 장날에는 양화포구에 배를 대구 홍어를 내려 놓구 팔었었어. 강경에는 기차가 있었으니께 홍어가 기차로 대전까지 실려가기도 했지. 홍어는 암놈이 가격도 비싸지만 살집이 쫀득쫀득하고 맛이 있지. 요리도 여러 가지로 해먹잖여. 홍어 무침도 해먹구 홍어 찜도 해먹구, 미나리 넣구 홍어탕도 해먹구. 홍어 애는 참기름 소금장 찍어서 생으로 먹기도 하구 탕으로 먹기도 하구 그러잖여. 전라도에서는 잔칫날 상에 홍어가 안 올라오믄 잔치가 무효라구 허잖여.

전라도는 홍어를 푹 삭혀서 쓰는디 그걸 먹으믄 코가 뻥 뚫리고 입천장이 벗겨지구 그랬는디 충청도는 그 정도는 아니여. 삭힌 거를 먹기도 하지만 그렇게 톡 쏘는 정도로 많이 삭히지는 않지.

목포나 군산에서 배가 들어 오믄 그날은 마을 전체가 술렁술렁하고 집집마다 홍어 아가미를 새끼줄로 꿰어서 한 마리씩 사들고 가서 처마 밑이다 걸어 둔단 말이여. 그럼 동네에 홍어 비린내가 진동을 했었지. 우리 집도 아부지가 장에 나가셔서 홍어를 한 마리 사오시믄, 엄마가 장독대 앞에다 도마를 펴 놓구 지푸라기를 뭉쳐서 홍어를 박박 문질러서 닦아내고 손질을 해서 칼로 한 점씩 썰어 주셨거든. 그럼 장독대 앞에 쭉 앉아 있다가 제비 새끼들처럼 한 점씩 받아먹고 그랬지. 지금은 이가 션찮어서 홍어 무침은 못 먹지만 홍어를 푹 쪄서 초고추장 찍어 먹으믄 그때 그 맛이 나더라구. 시절이 변하구 입맛도 변했을 텐디 홍어 맛은 그때 그대로더라구.

번데기

예전에는 지금처럼 과자라는 게 그렇게 많을 때가 아니였잖여. 그때는 간식이라는 게 떡이나 엿이나 옥수수 감자 같은 거였잖여. 예전에 우리 식구들도 장날에 묵은 쌀이나 정부미 같은 쌀을 가지구 나가서 튀밥을 튀겨 과자 대신에 먹구 누룽지도 튀겨 먹구 그랬잖여. 그리구 그 당시에 동네 사람들이 번데기를 많이 먹었었어. 그때는 고기를 명절 때나 국으로 끓여 먹지, 지금처럼 구워서 먹는 건 없을 때여. 명절 때도 산적이나 서너 장씩 구웠을 때니께 고기를 국물이나 내서 먹었지. 구워 먹을 때도 아니구 고깃국도 배불리 먹구 살 때가 아니였잖여.

그때는 학교에 오는 애들이 먹을 걸 제대루 많이 못 먹구 영양상태가 안 좋아서 얼굴에 하얀 마른버짐이 핀 애들도 많았었는디, 그럴 때쯤 고기는 못 먹구 대신에 번데기를 많이 먹었었어. 번데기가 영양가가 많은 단백질이라서 몸에 좋은 거거든. 번데기를 왜 많이 먹었냐믄, 육영수 여사가 양잠이 농가 수익으로 좋다구 선전을 많이 해서 마을마다 누에고치를 키우는 집이 많이 생겨났어. 그때도 새마을 운동 때여. 누에가 뽕잎을 먹구 자라니께 누에를 키우려니께 마을에 뽕나무 키우는 집도 많았잖여. 그 뽕나무에 오디가 열리믄 깜장색 오디 열매가 참 달고 맛있었는디, 애들이 오디 먹는 소리랑 누에가 뽕잎 갉아 먹는 소리랑 비슷하다구 그랬었어.

아무튼 그때 부여에 제사 공장이라구 누에고치를 가져다가 실을 뽑는 공장이 있었는디, 명주실을 뽑아서 일본에 수출도 허구 그럴 때여. 거기 제사공장에 가면 누에고치에서 실을 뽑구 나온 번데기를 팔었었어. 거기는 명주실을 뽑는 공장이니께 실을 뽑고 남은 번데기는 버리기도 허구 그럴 때니께, 공장에서 번데기를 팔기도 했었단 말여. 자루를 들고 가면 자루에 한 자루를 담아준단 말여. 그럼 그걸 집에 가지구 와서 볶아 먹기도 하구 삶아 먹기도 하구 그랬잖여. 그때처럼 번데기를 많이 먹었던 적은 아마 평생 동안 없을 거여.

2부

벚꽃이 백 번 피거든

럭키치약

사람이나 짐승이나 이빨이 좋으야는디 이빨 좋기가 참 힘든 겨. 이가 좋으야 잘 먹구, 잘 먹으야 장수를 허잖여. 그나마 요즘은 틀니라도 있으니께 밥이라두 먹잖여. 예전 할머니 할아부지들은 밥을 잇몸으로 먹었잖여. 아무래도 잇몸으로 씹어 먹기가 불편허니께 물 말어서 대충대충 밥을 마시듯이 먹었었잖여. 틀니가 아무래두 내 이빨 같지 않구, 위 아래로 입안에 들어가니께 첨에는 무쟈게 거북살스러워도 틀니 덕분에 이만큼이나 먹구 산 거 생각허믄 참 감사헌 일이여.

옛날에는 치약 이런 게 없으니께 아무래도 이빨이 다들 부실했었어. 소금을 손에 묻혀서 문질러 닦는 게 뭐 얼마나 깨끗허게 닦이것어. 그러니께 충치도 많구 이가 부실허지. 치약이라고 첨 나온게 럭키 치약이라구 있었는디, 그것도 쓰는 집이나 썼지 치약으로 양치허는 게 지금처럼 아무나 쓸 수가 없던 시절잉게.

치약도 새마을 운동 전에 그때부터나 이집 저집 쓰기 시작헌 것 같어. 그래서 사람들이 치약을 써보니께 입안이 얼마나 개운하것어. 소금하고는 댈 수가 없는 거지. 그래서 너두나두 양치질을 허기 시작헌 거지. 우리가 칫솔로 양치질허구 산 지도 한 오십 년밖에는 안될 겨.

치약이 잘 팔리니께 럭키 치약이 돈을 많이 벌어가지구 금성사를 차린 겨. 치약 판 돈으로 라디오두 만들고 테레비도 만들고 그런 겨.

세월

이 세상에서 세월만큼 공평한 게 없는 겨. 돈은 부자가 많고 가난한 사람은 적고 그렇지만, 세월은 부자들도 한평생이구 가난한 사람들두 한평생인 겨.

부자들은 세월이 후딱 가구 가난하면 천천히 가는 게 아니잖여. 누구나 공평하게 똑같이 한평생 사는 겨. 하루에 밥을 여섯 끼니 먹어두 하루구, 하루에 밥을 한 끼니 먹어두 똑같이 하루가 가잖여. 나이가 들수록 세월이 빨리 간다구 허잖여. 그건 정신없이 사니께 그런 거지 세월이 빨리 가는 게 아녀. 먹고살기 바쁘구 자식들 가르키기 바쁘구 그러니께 세월이 정신없이 가는 거잖여. 내가 구십 평생 넘게 살았지만 잠깐인 겨. 눈 감었다 뜨믄 요단강 건너구 있는 게 세월인 겨.

붙잡을 수 없는 게 있는 겨. 지나가는 바람을 붙잡을 겨, 흐르는 구름을 붙잡을 겨, 세월은 붙잡을 수가 없는 겨. 세월을 붙잡을 수는 없지만서두 정신을 똑바로 차리고 살믄 세월이 지나가는 건 볼 수가 있는 겨. 세월이 흘러가는 것만 보여도 그게 세월을 붙잡은 거나 마찬가진 겨. 돈 많은 부자로 사는 것보다 세월을 붙잡고 사는 게 더 큰 부자인 겨.

아들
생각

구만리

‘앞길이 구만리 같다’ 이 말을 참 많이 듣고 당연히 그렇게 알고 살았던 것 같은데, 정신없이 살다 보니 이젠 ‘앞길이 구만리 갔다’가 맞는 것 같아요. 구만리 같았던 앞길이 언제 그렇게 갔을까요.

깜밥

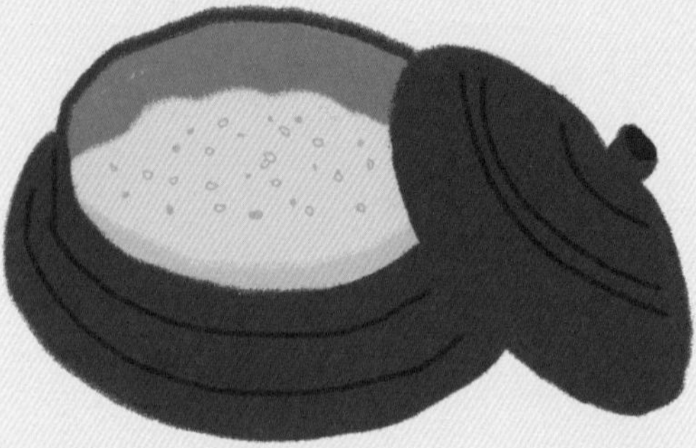

그때는 집집마다 대식구가 살었잖여. 어느 집을 가든 집안에 노인 한두 분은 꼭 계셨어. 부모님을 꼭 같이 모시고 살었지. 지금처럼 요양원 같은 게 없을 때니께 노인들이 살기는 오히려 옛날이 더 좋았던 것 같어. 벽에다 똥칠을 해도 늙은이를 내다 버리것어, 어쩌것어. 집에서 가족들이 곁에서 보살펴주니께 그래도 좋았지.

예전에는 삼대가 사는 집이 흔했어. 우리 집도 할머니 할아부지랑 엄마 아부지랑 자식들 다 같이 살었잖여. 우리 집에 식구가 열두 명이 같이 살 때도 있었는디, 그때는 밥할 때 아궁이에 나무 때가면서 큰 가마솥에 했어. 나무가 젖으면 잘 안 타니께 부엌에 연기가 가득 차고 눈도 맵고 그랬지. '풍로'라고 손으로 돌리믄 바람 나오는 게 있었어. 불이 잘 안 붙으믄 그거 살살 돌려가면서 왕겨도 때구 그랬었지. 애들도 다 학교 다니고 엄마 아부지도 학교 다닐 때니께.

도시락을 하루에 일고여덟 개씩 싸구 그랬으니께. 가마솥에 밥을 한솥 하면 하루에 다 먹을 때여. 가마솥에 매일 밥을 허니께 매일 깜밥을 긁자녀. 깜밥으로 숭늉도 만들고 말려놨다가 설탕 뿌려서 간식으로 먹기도 하고 그랬었지.

옛날엔 과자 같은 게 귀할 때니께 깜밥이 최고 간식이었어. 깜밥을 마당 장독대 위에다 하루 이틀 말렸다가 장날에 가지구 나가서 튀밥 튀기듯이 튀겨서 먹기도 허고 그랬지. 요즘은 전기밥솥으로 밥을 허니께 깜밥이 귀해졌어. 깜밥은 가마솥 깜밥이 참 맛났잖여.

나 일론

우리는 평생 광목으로 옷 해입고, 마에서 뽑은 모시 삼베나 누에고치에서 뽑은 견 같은 자연 옷감으로 옷을 해입었지. '나이롱'은 몰랐었는디 나이롱이 첨 나왔을 때 무척 고급이었어. 나이롱 치마나 와이셔츠나 양말이나 속옷 이런 것들이 처음에는 무척 비쌌거든. 그래서 직장 잡고 첫 월급 받으면 부모님 빨간 내복 사다준 게 그때부터 그런 겨. 요즘에는 내복이 순모 내복도 나오구 그러지만 그때는 빨간 내복이 나이롱으로 만든 건디, 염색기술이 그때는 빨간색만 할 수 있다나, 그래서 빨간 내복이 나왔다는 겨. 나이롱이 처음에는 장사가 무척 잘되었었지. 좋은 건 무조건 나이롱이라구 그럴 때여. 참외도 달고 맛있으믄 나이롱 참외라구 그랬어. 처음 보는 옷감이 보들보들하구 가벼웠으니께, 다들 하나씩 사 입었잖여. 나이롱이 나오면서 스타킹이란 것도 나왔는디, 그런 걸 처음 보니께 너도나도 사 신었었지.

그때는 비둘기색 스타킹이 인기가 좋았어. 그런디 오래 입다 보니까는 땀도 차고 통기도 잘 안 되구 빨래는 빨면 푹 삶아야 때가 빠지는디 나이롱은 뜨건 물에 삶으믄 쪼그라들어 버리는 겨. 그래서 나중에는 나이롱이 인기가 없어졌지. 처음 들어올 때는 실크처럼 보들보들한디, 실크보다 싸고 양말부터 와이셔츠까지 없는 게 없으니께 인기가 좋구, 좋다 소리를 들었는디, 입고 살다보니께 땀도 차구 불편하단 말여. 그래서 월남치마라구 있었어. "월남에서 돌아온 새까만 김상사" 이런 노래도 있었잖여.

월남전쟁이 끝나구 유행을 했던 치마인디 발목까지 길게 내려오는 그 치마도 나이롱 치마가 있고 광목으로 만든 게 있었어. 나중에는 광목 치마를 더 많이 입었었지. 그만큼 인기가 없었어. 그전에 고급이라고 할 때는 죽으믄 입는 수의도 나이롱으로 해야 좋다구 해서 나이롱으로 많이 했었단 말여. 그런디 나중에 이장을 할려구 봉분을 파보면 관이 썩어 없어져도 나이롱 수의는 안 썩고 그대로라는 겨. 그러니 좋다고 할 수가 없잖여. 그러면서 나이롱을 점점 잘 안 입게 된 거잖여.

양잿물

우리나라가 워낙 없이 살았지만 그 흔한 비누 한쪽 없이 살던 때도 있었던 겨. 빨래도 지금이야 세탁기에 하이타이 넣구 돌리믄 끝나지만 빨래비누 한 장 없이 살 때도 있었잖여. 빨래비누 대신 썼든 게 빨래 방맹이여. 빨래 방맹이로 뚜드리다 보믄 땟물이 빠지는 겨. 그리구 아궁이에다 밥할 때 볏짚도 태우고 콩깍지도 태우고 그랬잖여. 그럼 밥 허구 나서 다 탄 그 재를 꺼내서 모태놨다가 독 안에 넣구 물을 부어놓으믄 재가 가라앉는단 말여. 그럼 그게 잿물이여. 빨래 비누가 없을 때니께 그 잿물로 빨래를 했던 겨.

그렇게 살다가 왜정 때 양잿물이 생긴 겨. 서양에서 잿물이 들어왔다구 해서 양잿물인디, 장날에 나가면 팔었었어. 꽁짜라믄 양잿물도 마신다는 말이 있는디, 양잿물인지 모르고 마셨다가 죽는 사람도 여럿 있었어. 그렇게 독한 게 양잿물이여. 잘못 만지믄 손에 물집도 생기구 그려서 애들은 양잿물 근처에 못 오게 했었지.

양잿물에 돼지기름을 넣으믄 그게 굳어서 비누처럼 되는디, 돼지기름도 귀할 때니께 부잣집에서나 그렇게 혔구, 사람들 대부분은 양잿물에 쌀겨를 넣어서 빨래를 했잖여. 한겨울에 두꺼운 솜빨래를 해야니께 얼마나 힘들것어. 옛날이는 시집살이가 참 힘든 시절이었당게. 힘들다 힘들다 시집살이 힘들다고, 새댁이 빨래허다 양잿물 마시고 세상 버리기도 하고 그랬단 말여.

지금처럼 세탁기가 있나, 전기밥솥이 있나, 청소기가 있어, 그걸 다 몸땡이로 헐라니께 얼마나 힘들것어. 시집살이가 힘드니께 한 많은 며느리들도 많았던 세월이었어. 빨래비누라구 생긴 게 처음 나온 것도 육이오 지나구니께. 우리가 양잿물 대신 비누 쓴 지도 얼마 안 된 겨. '무궁화비누'라구 첨 세탁비누가 나왔는디, 요새 세탁기 나온 것처럼 세상 편하더라구. 아궁이에서 재를 모아다가 잿물로 허든 빨래를 양잿물에 쌀겨 타서 헐 때도 편해졌다 했는디, 비누 한 장으로 빨래를 할라니께 얼마나 편했것어. 그때는 하이타이가 나올 줄은 꿈에도 몰랐었지만 말여.

안티푸라민

옛날에도 그렇지만 지금까지 항상 머리맡에 있는 게 안티푸라민여. 유한양행 안티푸라민. 안티푸라민이 왜정 때 나온 약인디 일본 약은 아니고 우리나라 유한양행 유일한 박사가 만든 약이잖여. 어릴 때부터 배가 아프믄 배에 바르고 감기 들면 코밑에 바르고 멍들고 삐고 벌레가 물고 겨울에 손발이 텄을 때도 이걸 바르믄 애기 손발처럼 보들보들해졌거든. 그래서 만병통치약이라구 했었어. 내가 어릴 때도 발랐지만 그때나 지금이나 약효가 똑같어서 안티푸라민 없으믄 여기저기 몸이 더 아팠을 겨. 웬만한 효자보다 안티푸라민 한통이 낫다구 혔었어.

그리고 활명수도 왜정 때, 내가 어릴 때 나왔는디 그게 그렇게 또 신통한 명약이었어. 우리가 어릴 때는 활명수가 무척 비쌌었어. 활명수 한 병이 막걸리 한 말보다 더 비싸다고 했었으니께. 그래도 집에 한 병씩은 사다 놨었어. 급체했을 때 손도 따보고 그러다 안 되믄 그걸 애껴서 숟가락에 조금 따라서 한 모금씩만 마셨었어. 비싸서 한 병을 다 못 마셨었어.

지금이야 약도 많고 병원도 많고 하지만 인이 배겨서 그런가 몰라두 우리 몸에는 활명수랑 안티푸라민이 젤 잘 듣는 명약인 것 같어.

떡시루

우리 집 장독대에 아직도 떡시루가 있는디, 세월이 못 되두 아마 오십 년은 됐을 겨. 지금이야 갈라지구 깨져서 쓰지도 못 하구 떡을 해먹을 일도 없지만, 옛날에는 옹기로 만든 시루에다 떡을 참 많이도 해먹었잖여. 찹쌀보다는 멥쌀로 만든 멥떡을 많이 해먹었는디, 쌀가루 빻아서 콩을 넣으믄 콩떡이구 쑥을 넣으믄 쑥떡이구 호박을 말려서 넣으믄 호박떡이구, 그냥 찌믄 백설기가 되는 겨.

옹기로 만든 떡시루는 높이가 높구 콩나물 시루는 키가 낮구 그렸는디, 떡시루에다 떡을 할려면 물 솥에다 시루를 얹어 놓구 솥이랑 시루 사이가 뜨니께 밀가루를 반죽해서 그 틈새를 둘러가며 막는단 말여. 그래야지만 김이 안 새니께 떡이 잘 되는 겨. 시루를 물 솥에다 올리구 물을 팔팔 끓이믄 시루에 난 구멍으로 김이 올라가서 떡이 쪄지는 겨.

그런디 아부지는 멥떡보다는 찹쌀 인절미를 좋아하셨잖여. 인절미는 떡시루에다 안 허구 찹쌀을 불려서 밥솥에다 찰밥을 혀고 그 찰밥을 절구통에 넣구 찧어서 만드는디, 콩을 볶아서 콩도 절구통으로 찧어서 찹쌀밥 찧은 거 위에다 콩가루를 솔솔 뿌려주믄 인절미가 되는 겨.

쑥 인절미가 먹고 싶으믄 거기다가 쑥을 삶아서 쑥도 절구통에 찧어서 찹쌀떡이랑 섞어서 치대면 그게 쑥 인절미여. 봄에 쑥날 때는 쑥 뜯어다가 해먹을 게 참 많았어. 쑥국도 해먹구 쑥버무리도 해먹구 쑥개떡도 해먹구 쑥 인절미도 해먹구, 쑥 하나만으로도 별거 별거 다 해먹구 살었잖여. 떡시루가 지금은 쓸모없이 장독대에 엎어져 있지만 옛날에는 떡시루가 부엌에 걸렸다 하믄 참 재미가 있구 그러던 시절이 있었어.

장날

부여 오일장이 큰 장날이었어. 지금은 장터가 아스팔트 포장도 되고 신식 건물들도 들어서서 깔끔한 맛은 있지만 옛날 같은 오일장 맛은 안 나지. 옛날에는 장날 되면 면에서 농사짓는 농사꾼들도 버스타고 읍내로 고추며 오이며 참기름 들기름도 짜서 팔러나오구, 전국 장터를 다니는 장돌뱅이들도 찾아오구 장날 되면 떠들썩했었거든. 포목전에 가면 비단도 팔고 솜이불도 팔고, 어물전에 가면 서해에서 잡히는 황석어며 조기며 홍어며 없는 거 없이 다 있었지.

그리고 시장은 뭐니뭐니해도 우시장이 커야 큰돈이 도는디 우시장도 크게 열렸잖여. 돈이 몰리고 흥정꾼들도 모이니께 흥청망청 국밥집들도 줄지어 장사가 잘되었고, 한쪽에서는 소 판 돈으로 투전판도 열리구 그랬어. 장터 맨 끝에 있던 대장간도 장날에만 문을 열었는디 낫이며 쇠스랑 같은 농기구들은 죄다 거기서 만들어다 썼었어. 그때도 기성품들이 철물점에 가믄 있긴 했어. 그래도 대장간에서 만든 게 싸고 튼튼허다구 우리 집도 호미 같은 건 거기서 사다 쓰고 그랬었지. 그리구 장날이라구 물건만 사러 가는 게 아니라 장구경을 많이 다녔어.

그때는 테레비도 없구 볼 게 많이 없을 때라서 장날에 나가 보면 노인들도 하루 종일 나와서 국수 한 그릇 말아 먹구 팥죽 한 그릇 사 먹구 야바위꾼 구경도 하고 하루 종일 장구경하고 돌아 댕기다가 파장할 때쯤 집으로 돌아가고 그랬지.

장날에 꼭 살 게 없더라도 장날이면 깔끔하게 한복 차려 입고 흰고무신 깨끗이 닦아 신고 나들이 나온 노인들이 많았어. 옛날에는 지금보다 노인들이 갈 데가 많았던 것 같어. 장터 인심도 좋아서 콩나물을 사도 덤이 있고 콩을 한 되 사도 한 주먹은 더 주고, 채소전에서는 배춧잎이나 무청 같은 건 거저 주기도 해서 집에 가져가서 시레기국을 끓여먹기도 하고, 더 달라구 말을 안 해도 덤이 따라 다닐 때니께 말여.

그때 그 시절에 봤던 장날 풍경이 지금도 눈에 선해. 아무리 좋은 곳을 여행하고 다녀도 장날처럼 들썩들썩하고 재미난 풍경들이 살면서 없었던 것 같어.

아들
생각

서커스

어린 시절에 장승백이 장터 쪽으로 가끔 천막 서커스단이 들어왔었죠. 만국기가 휘날리고 알록달록 화려한 의상과 피에로 분장을 그때 처음 봤어요. 서커스 공연 중에서 가장 신기했던 건 저글링 하는 난쟁이 아저씨였고 목줄에 묶여서 상자에 들어가 있던 담배 피우는 원숭이는 젤 측은했었죠. 립스틱을 진하게 바른 내 나이 또래의 여자아이가 '안녕하세요. 또 만났군요' 장미화 노래를 불렀는지, 이미자의 '섬마을 선생님'을 불렀는지, 김추자 노래를 불렀던 것 같은데…. 노래가 끝나고 만병통치약을 객석에 돌리면 만병통치약이 신통치 않았는지 잘 팔리진 않았던 것 같아요.

저글링을 하는 난쟁이 아저씨는 가끔 공을 떨어뜨려서 구경꾼들의 야유와 빈축을 샀는데 나중에 생각해보면 의도된 실수였던 것 같아요. 공을 가지고 시작한 저글링은 곤봉으로 바뀌고, 접시로 바뀌고 난이도가 점점 높아져서 사과와 접시와 곤봉을 동시에 돌리기도 했었죠. 세월이 흐르면서 가끔 그 천막극장의 난쟁이 아저씨와 꼬마 아가씨와 담배 피우던 원숭이 생각이 날 때가 있어요.

우리가 살아온 삶도 그때 그 난쟁이 아저씨처럼 위태로운 저글링 같았고 목줄에 묶여서 담배를 피우던 원숭이 같았고 빨간 립스틱을 바르고 팔리지 않는 만병통치약을 팔던 어린 소녀 같다는 생각이 들어요.

줄을 타며 행복했고 춤을 추며 신이 났던 곡예사의 첫사랑처럼, 우리도 신명나기도 하고 측은하기도 했던 천막 극장의 서커스 단원들 같아요.

어차피 인생은 한판 공연이잖아요.

한국전쟁

아침부터 밤까지 하루 종일 머리 위로 쌕쌕이가 날아다녀. 제트기 말이여. 한 번 지나갈 때마다 얼마나 빠르고 소리가 큰지 쌕쌕이라고 했는디, 하루 종일 얼마나 불안하것어. 밤중에 마을에다 폭탄이라도 떨어 뜨리믄 자다가 죽는 거잖여. 그래서 동네 사람들이 다 같이 피난을 떠났는디 멀리도 못 갔어. 옆 동네 마을에 산이 있었는디 시루산여. 산 모양이 떡시루를 엎어 논 것 같다구 해서 시루산인디, 애기들이 죽으면 시루산에 묻는다구 해서 해가 지면 가기가 무서웠던 산인디, 숨을 곳이 시루산뿐이니께 피난을 거기루 갔지.

뭘 챙겨갔냐면 식구들 먹을 쌀, 보리랑, 여름이라 음식이 상할 수 있으니께 조기젓이랑 장아찌 같은 걸 싸 가고 이불이랑 모기장도 싸 갔었어. 근디 피난도 첨 가보니께 준비가 안 돼 가지구 고생을 했어. 모기는 모기장을 가져가서 괜찮았는디, 산에 개미가 그렇게 많더라구. 개미 수십 마리가 모기장 밑으로 들어와서 물어뜯어서 잠을 한잠도 못 잤어. 시루산에서 이틀 밤을 잤는디, 동네 사람들이 전부 개미에 물려서 몸이 울긋불긋하더라구. 그래서 인민군보다 개미가 더 무섭다구 허면서 이틀 만에 집으로 내려왔어.

내려오자마자 옆집에 박 씨 영감댁에 조카가 국군으로 나갔다구 해서 인민군들이 들이닥쳐서 그집 식구들을 죄다 잡아갔어. 그 뒤로 소식을 못 들었어.

그리고 동네 사람들을 학교 운동장으로 모이라고 하더니 인민군가를 배워야 한다고 학교 선생들 보고 가르치라고 하더라구. 그때는 인민군이 시키는 대로 해야지 어쩌겄어. 마을에 인민군이 들어오믄 인공기를 내다 걸구 국군이 들어오믄 태극기를 내다 걸구 그러던 시절이여. 난리도 그런 난리는 처음 겪어본 난리였지. 그래도 그 정신없는 전쟁통에두 애는 태어나더라구. 니 형이 육이오 때 태어났잖여. 돌이켜보믄 참 기가 맥힌 세월이여.

교회

우리 엄마 이름이 김마리아잖여. 우리 집은 어릴 때부터 엄마 따라서 식구들이 다 같이 교회를 다녔었어. 올해 구십칠 세 된 내 바로 위에 언니도 여적까지 교회를 다녔는디, 지금이야 언니가 나이가 있으니께 교회까지는 못 가도 성경책 읽고 찬송하구 다 허지. 어려서부터 한평생을 언니네랑 한동네에서 사는 봉진이 황옥이 동생들은 지금도 교회를 열심히 다녀. 나도 교회를 열심히 다녔는디 시집을 오구 나서는 가다 말다 했었어.

절에는 안 다녔는디 정각사라고 스님들이 참 좋은 분들이 계신 절이 있었는디, 우리 큰 아들이 세상을 뜨고 나서 내가 정신을 놓구 살었는디 정각사 스님이 찾아와서 아들 사십구재를 절에서 지내준다고 하더라구. 기독교고 불교고 종교를 떠나서 아들 천국 가라고, 극락왕생허라구 기도를 해준다고 하는디, 그걸 마다할 에미가 어디 있겄어. 그래서 아들 사십구재를 정각사에서 지내고 나니께 스님들한테도 고맙고 절에 가면 아들 흔적이라도 있는 것 같고 그래서 떡을 한 말씩 해서 정각사를 가다 보니께 자연스럽게 향불도 피게 되고 천수경도 하게 되고 그렇게 된 거지.

그렇게 몇 년이 흘렀는디 이번에는 교회 다니는 셋째 딸이 암에 걸렸잖여. 서울 아산 병원에서 수술을 했는디 암을 늦게 발견해서 죽는다고 했었거든. 그런데 교회에서 주말마다 버스를 대절해서 교인들이 서울 아산 병원으로 병문안을 와서 우리 딸 나으라구 간절하게 기도를 해주는 겨. 몇 번 그러다 마는 게 아니라 매주 시골에서 서울까지 올라 오는 겨. 그게 기도의 힘인가 아산병원 의사 선생님들의 의술인가 잘 모르겠지만 딸이 조금씩 조금씩 회복을 허더니 살아서 퇴원을 하게 된 겨.

다 죽을 것 같았던 딸이 나아서 퇴원을 하니께 얼마나 감사한지 몰라. 그래서 이번에는 떡을 한 말 해서 교회를 찾아가서 "목사님 감사해유. 교인들 덕분에 우리 딸이 살았네유" 그랬더니 목사님이 "따님도 나았으니 어머니 아부지도 교회에 나오셔서 재발하지 않게 기도 좀 하세요" 그러시는 겨. 그런디 거기다 대구 내가 "목사님 제가 절에 다닙니다" 그럴 수가 없더라구. 그래서 그때부터 교회를 다닌 겨. 지금이야 거동을 못 허니께 교회를 못 나가지만 말여. 내가 큰아들 땜에 절에도 나가 보구, 셋째 딸 땜에 교회도 다니구 그랬지만서두, 자식을 키우는 사람은 다 똑같을 겨. 어떤 종교보다도 하나님보다도 부처님보다도 부모는 자식이 먼저니께 말여.

시
방

살면서 옛날이 좋았냐구 물어보믄, 나는 시방이 좋다구 혀. 옛날이 뭐가 좋았것어. 지금처럼 먹을 게 넘쳐나길 허나 병원이 없어서 사람이 죽어 나가길 허나 젤 큰 이유는 전쟁이지. 나는 대동아 전쟁이랑 육이오 전쟁을 겪은 사람이잖여. 그거 안 겪어본 사람들은 모르는 겨. 사람이 사람을 죽인다는 게 너무나도 큰 비극인 겨. 옛날에 뭐 공기가 좋았다는 둥 인심이 좋았다는 둥 그런 말 허는 사람 있는디, 공기 좋구 인심이 좋아도 배고프믄 못 사는 겨. 뭐니 뭐니 해도 배고픈 설움이나 사람 죽이는 전쟁이나 그것만 없어도 천국인 겨. 개똥밭에 굴러도 저승보다 이승이 좋다잖여. 이승이 시방이구 시방이 천국인 겨.

좋았던 때를 기억해보믄 그래두 어떤 때가 떠오르냐믄, 군산에서 배가 강으로 들어오던 날 말여, 내가 어릴 때여. 왜정 때인디, 군산에서 큰 배가 들어오믄, 마을에 협동조합인지 두레인지 아무튼 마을 어르신들이 알록달록한 옷을 차려입고 나와서 꽹과리를 치구 징을 치면서 풍장을 치고 한바탕 놀더라구. 잔치 집 같았던 기억이 있는디 그때가 참 좋았던 추억이여. 다시 한번 돌아가 본다믄 그때 그날, 큰 배 들어오던 날로 한번 돌아가 봤으믄 하는 생각이 들어.

그거 아니구는 시방이 존 겨. 옛날보다 모든 게 풍족허구 평안허니께 말여.

기
차

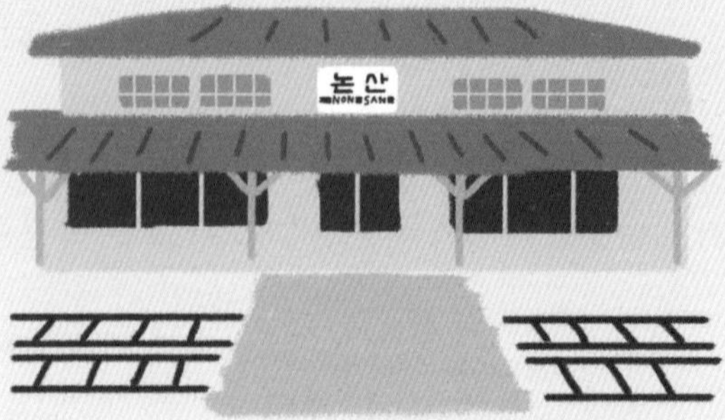

몇 년 전에 세상 떠난 김종필 씨 있잖여. 그분이 부여 사람인디 한평생 애도 많이 쓰고 부여를 위해서 좋은 일도 많이 헌 양반여. 그분이 박정희 대통령 조카랑 결혼을 했잖여. 똑똑허구 대통령 조카사위고 어트게 보믄 대통령 빽으로 권력도 대단했을 거 아녀. 김종필 씨는 대통령 조카사위이기도 허지만 국무총리를 두 번씩이나 허구 중앙정보부장까지 지낸 사람여. 그러니 권력이야 말허믄 뭐허것어.

대통령 후보로 나왔을 때만 해도 부여 출신 대통령 한 명 나오라는가 허는 기대가 있었는디 소용없더라구. 충청도 사람 핫바지라는 말이 그때 나온 말이여. 왜 김종필 씨 얘기를 길게 하냐면 그 좋은 시절에 권세가 있을 때 부여로 기차 좀 지나가게 해줬으면 얼마나 좋을까 그 생각인 겨. 지금도 부여는 기차가 없잖여. 논산도 있구 군산도 있구 익산도 있구 주변에는 다 있는디, 부여만 기찻길이 없단 말여. 김종필만한 인물이 앞으로 또 나올지 모르것지만 그때 권세가 있던 시절에 부여 사람들 위해서 기찻길을 놔줬으믄 우리가 기차 타러 논산까지 나갈 일도 없구 말여.

언젠가 새마을호 기차가 처음 나왔을 때 말여, 내가 여름방학에 목포로 학교 연수를 가야 해서 논산역에 아부지랑 막내랑 같이 갔잖여. 생각나지? 아부지가 기차에 가방 올려주러 탔다가 새마을호가 자동으로 문 닫히고 떠나는 바람에 막내 혼자 논산역에 남어서 부여까지 걸어온 적도 있잖여. 그때 막내가 국민학생 땐디 한여름에 논산에서 걸어오느냐구 탈진을 했잖여. 나는 기차 생각하믄 그때 생각이 나구 기찻길을 안 놔준 건지 못 놔준 건지는 몰라두 김종필 씨가 좀 서운하구 그렇드라구.

대통령

쌀농사가 풍년이 들어서 오죽허믄 막걸리를 쌀로 담굴 때가 박정희 때여. 그때부터 수출도 하고 국민들이 가난에서 벗어났으니께. 새마을 운동만 해도 그려. 그 당시 우리도 농촌에서 살었지만 동네가 맨 초가집이였잖여. 기와집 이래봐야 마을에 한두 채도 없던 시절이구. 길도 소 달구지 지나갈 정도믄 큰길이고 비만 왔다 허믄 소도 자빠지던 길인디, 새마을 운동 하면서 동네가 얼마나 좋아졌어. 지붕을 쓰레뜨 지붕으로 바꾸고 함석지붕으로 바꾸니께 마을이 훤해졌잖여. 길도 넓히고 시멘트로 포장을 해서 비가 와도 수레바퀴가 빠질 일도 없구, 뭣보다 전기가 들어왔잖여. 마을 전체가 다 들어온 건 아니구 차차 들어왔지만, 전기 없을 때 석유 심지로 호롱불 키구 공부허다 보믄 심지에서 끄슬음이 나니께 코가 새까매졌거든. 코를 풀으믄 깜장코가 나왔잖여.

고속도로도 박정희 때 생긴 겨. 경부 고속도로가 뚫린 것도 박정희 때인디, 그때 세상이 얼마나 좋아졌어. 엄마랑 아부지랑 여행 다니면서 구미에 있는 박정희 생가도 가보고 그랬는디, 당일치기로 여행도 다니구 헌 것도 다 먹고 살기가 좋아졌구 고속도로가 뚫려서 헐 수 있었던 거란 말이지. 그래서 나는 가난을 벗어나게 해준 훌륭한 대통령이라고 생각허구 살었지. 근디 김재규 총에 맞아서 명대로 못 살구 갔잖여. 그때도 말이 많었었어.

김재규가 김녕김씨란 말여. 아부지가 김녕김씨인디, 아부지가 김응규 아녀. 김재규랑 항렬도 같은 항렬이었단 말여. 그 당시에 아부지가 학교에서 교감도 되구 교장도 되구 허야는디 혹시나 나라에서 해꼬지라도 있을까 쉬쉬 하구 다니구 그렸었어. 시대가 바뀌어서 지금이니께 말허는 겨. 그때는 가슴이 두근두근허구 그랬었다니께.

어떤 대통령이든 공이 있구 과가 있구 그러잖여. 어느 대통령이나 그건 마찬가진디, 나는 전두환은 잘 못한 것 같어. 박정희는 사람을 멕여 살린 대통령이구 전두환은 사람을 못 살게 하고 벌금도 안 내구 세상 뜬 사람이니께. 나도 그렇구 아부지도 그렇구 공무원으로 평생을 살면서 나라의 녹을 먹구 살았으니께, 누가 좋다 나쁘다 말을 허는 게 그렇긴 허단 말여. 그런디 경우란 게 있잖여. 그 말을 허는 겨. 경우가 그렇잖여. 경우가.

아들
생각

박정희와 쇼팽

그날을 생각하면 신문이 먼저 떠올라요. 마당에 떨어져 있던 신문의 고딕체 활자만 봐도 큰일이 났다는 걸 알 수 있었을 정도로 느낌이 달랐어요. 대통령이 서거했을 때 나라님을 잃은 백성들이 무척 애통해했어요. 나도 국민의 한 사람으로서 좀 슬퍼해야 할 텐데 중학생이던 나는 슬픔의 화음이 높이 올라가진 않더라고요. 그때만 해도 고인이 최소한 팔촌이나 당숙쯤 되는 친척 정도 되어야 슬퍼하는 줄 알았거든요.

정규 방송이 중단되고 흑백 티브이 화면에 음악이 나오기 시작했는데 그렇게 우울하고 웅장한 단조의 음악은 생전 처음이라 기억에 오래 남아 있어요. 행진곡 풍의 음악은 봄·가을 운동회 때 만국기 아래에서 듣던 개선 행진곡이나 군대 행진곡이 전부였는데 나중에 알고 보니 그때의 애도 음악은 쇼팽의 장송 행진곡이었어요.

귀에 익숙했던 김추자나 신중현이나 트윈폴리오와 전혀 다른 음악이어서, 내 머릿속에서 박정희라고 키보드를 치면 연관 검색어로 쇼팽이 함께 떠요. '그때 그 사람' 심수봉과 함께.

첫사랑

그때는 첫사랑이구 두 번째 사랑이구 그런 거 있간디, 그냥 때가 되믄 남자 만나구 만나믄 결혼하는 겨. 나는 처녀 때 학교 선생하면서 처음 만난 남자가 니 아부지인 겨. 아부지도 같은 국민학교 교사였는디 어쩌다 보니 눈이 맞은 겨. 그때는 연애 결혼이 얼마 없구 거의 다 중신애비들이 다리를 놔서 중매로 결혼을 하던 시절인디, 어쩌다 보니께 연애 결혼을 했드라구.

학교 수업을 마치믄 방과 후에 친목도 도모할 겸 교사들끼리 모여서 배구를 했었는디, 아부지가 나를 꼭 그쪽 편으로 끼워 넣더니만 배구를 하면서 자꾸 나한티 공을 주는 겨. 아부지는 배구를 잘했지만 나는 배구를 잘 못 했는디 나한티 자꾸 배구공을 주더란 말여. 그래서 내가 생각해 보니께, 공을 자꾸 나한테 주는 걸 보니께 나한티 호감이 있는가 보다 생각이 들더라구. 그러더니 배구장 뒤쪽에 산길이 있었는디 가끔 그리로 불러내기도 하구 그러는디, 그게 싫었으믄 나가지도 않았을 텐디 싫지가 않더라구.

아부지가 생긴 것도 멀쩡하게 잘생기고 사람이 참 친절한 사람이었거든. 그렇게 지내다가 나이도 있으니께 자연스럽게 결혼까지 하게 된 거지. 결혼식도 우리 친정집 마당에서 했어. 찾아 보믄 그때 사진도 있을 텐디, 나도 고왔지만 아부지가 참 미남 얼굴이었어. 아부지가 첫사랑이지 뭐 다른 게 있간디.

화장 · 化粧

내가 화장을 첨 했던 때가 학교 발령을 받고 화장을 하기 시작혔어. 내 고향 양화면에서 초임 발령을 받어서 국민학교에 출근을 해야 되니께 그때 처음으로 얼굴에 박가 분이라는 걸 바르고 구루무도 바르고 그랬거든. 박가 분은 왜정(일제 강점기) 때 나온 분이었는데 박가가 만들어서 박가 분이라고 했어. 나중에 장사가 잘 되니께 여기저기서 이런 가짜 분들도 나오고 그랬었거든. 쌀가루랑 보릿가루 같은 걸 갈어서 만든 건데 물에 타서 얼굴에 바르면 얼굴이 대번에 화사하고 뽀얀해져서 인기가 많았지. 그러다가 나중에 전쟁(한국전쟁)통에 불란서 코티 분이란 게 우리나라에 들어왔는디, 그게 박가 분보다 훨씬 고급지고 값도 비쌌어.

딴것보다 향기가 좋았는디 암튼 태어나서 처음 맡아보는 향기가 나더라구. 그래서 인기가 많았어. 그걸 바르면 땀띠도 안 난다고 해서 몸에다 바르고 그랬거든. 그때는 분을 방물장수들이 머리에 지고 팔러다니는 걸 사서 썼어. 그리고 동동 구루무는 장날에 장구경을 나가면 큰북을 짊어지고 발에 끈으로 연결해서 북을 치면서 "동동 구루무~" 하면서 팔었거든. 북을 쳐서 그런가 동동 구루무라고 그랬어. 지금으로 치믄 로션 크림 같은 거지. 일본식으로 구루무라고 그랬었어.

그때는 그것밖에 없었고 인기가 많았지만, 지금 사람들은 그냥 줘도 안 쓴다고 할 겨. 엄마 친구 부창상회 아줌마 알지? 그집 큰아들 광식이는 외국 유학까지 했는디 정치한다고 김종필 따라 댕기다가 망했구, 둘째 홍식이도 서울에서 대학 나오고 공부도 많이 했어. 홍식이는 정치 안 허구 외국에서 화장품을 수입해서 큰돈을 벌었지. 그때 돈으로 1억을 벌었네, 2억을 벌었네, 그럴 정도로 큰돈을 벌었잖여.

가끔 코티 분 냄새가 생각이 나더라구. 그때 그 시절이 참 좋았던 것 같어.

화장 · 火葬

임천면 군사리에 우리 선산에 산소가 있잖여. 고조, 증조 할아부지부터 할머니까지 다 있고 먼저 세상 뜬 우리 장남 진성이도 거기 있구, 아부지도 거기 계시잖여. 봉분이 아홉 개여. 봉분이 아홉 갠디 내가 세상 뜨믄 봉분이 열 개가 되잖여. 그르잖아도 지금도 막내가 봉분 관리 허기가 힘든디 자꾸 봉분이 늘어나믄 벌초도 힘들고 어떻게 다 관리할 겨.

그래서 나는 화장을 허는 게 좋겠더라구. 화장을 허는 게 무섭기도 허구 싫긴 헌디 죽은 이가 뭘 알겄어. 남들도 다 화장을 허는 시대니께 화장을 해서 현충원처럼 평장을 하믄 깔끔허니께. 옛날에 테레비에서 노무현 대통령 평장헌 거 나오는디 단촐허구 깔끔하고 보기도 좋더라구. 그리고 뭣보다도 자손들이 고생을 안 허야니께 허는 말이여. 살아생전에도 집에서 밥하고 목욕시키구 모시기가 힘든 건디, 봉분을 만들어 놓으믄 그거 관리 하느라구 힘이 들 거 아녀. 그러니께 아무래도 화장을 허는 게 낫겄다는 겨. 이런 것도 미리미리 말을 해놔야겠더라구.

내가 아부지 중환자실에서 몸에 여기저기다 호스 끼구 고생하시다 돌아가시는 걸 보구, 나는 중환자실에 가더라도 연명치료는 안 헌다구 말을 해놨잖여. 요즘은 이런 것도 보건소에 가믄 무슨 증명서를 발급해 준다는디 내가 정신이 아직 맑으니께 말로다 해놓는 겨. 앞으로 한 달을 더 살지 일 년을 더 살지, 그럴 일은 없겄지만 십 년을 더 살지…. 그건 알 수가 없으니께 말을 해 놓는 겨. 그려야 남은 자손들이 맘이 편할 거 아니겄냐 말여.

아들 생각

가장 슬픈 단어

풍장(風葬)이라는 단어는 보기만 해도 눈물이 나요. 어떤 은유도 비유도 수식어도 다 잘라먹고 마치 권투 선수가 아무런 기교도 없이 잽 한방으로 상대방을 다운시키는 것과 같아요.

'풍장'이라고 읽고 '풍장'이라고 말을 해보면 입에서 모래바람이 서걱서걱 씹히는 것 같아요. 중국의 서역 지방 사람들은 장례를 바람에 맡긴다고 해요. 매장도 수목장도 화장도 아니고 초원의 한가운데 시신을 내려놓으면 바람이 지나면서 영혼과 남은 육신을 거두어 가요. 한번 들어가면 나올 수 없다는 타클라마칸 사막 어디쯤이거나 흉노족의 땅이었거나 몽골제국의 기마병이 달리던 초원 어디쯤, 시신을 내려놓으면, 날짐승과 들짐승과 비와 바람이 육신을 거두어 가요.

어느 시인*은 이런 시를 써요. 눈이 펄펄 나리는 아득한 벌판으로 부모의 시신을 묶어서 말 궁둥이를 힘껏 때리면 말이 달려가다 주검이 굴러 떨어지는 곳, 그곳이 무덤이라고 해요. 벌판을 달리던 말이 돌아오면 그제야 말을 껴안고 뜨겁게 운다는 거예요. 그렇게 풍장을 지낸다는 거예요.

바람이 이마를 스칠 때마다 바람이 비를 몰고 올 때마다 바람결에 그들의 영혼도 함께 왔다 스쳐갈 것 같아요.

---

* 이동순 시인의 <풍장> 中

비설거지

뭉게구름이 떠 있으면 이불이라도 널어야지 햇볕이 아깝잖여. 햇볕이 좋은 날 말린 빨래는 빨래에서 햇볕 냄새가 나드라구. 뭐라구 말허기는 그렇지만 햇볕에서 나는 냄새가 있드라구.

햇볕이 나면 고추장 간장도 햇볕을 받으야니께 장독을 다 열어 놓구 장독대 위에다 소쿠리에 담아서 호박도 썰어서 말리고 무우 말랭이도 말리고 고추도 내다 말리고 그러잖여. 햇볕 좋은 날은 구름을 보믄 알 수 있거든. 하늘에 뭉게구름이 둥실둥실 떠다니믄 햇볕이 그렇게 좋은디, 어쩔 때는 갑자기 먹장구름이 몰려올 때가 있어. 그럴 때는 후두두둑 비가 뿌리기 시작허믄 정신이 없잖여. 그럼 일단은 장독대부터 닫으야 혀. 빨래야 젖으믄 다시 허믄 되지만 장독에 비가 들어가서 장맛이 변하믄 안 되니께. 고무신도 제대루 못 신고 후다다닥 마당으로 뛰어가서 장독대부터 닫고 나서 빨래도 걷고 이불도 걷고 한바탕 정신이 없지. 그게 비설거지 한다구 허는 거거든.

그렇게 비설거지를 허구 나면 갑자기 햇볕이 빵끗 나고 그러드라구. 그럼 또 마당에 나가서 장독대 열어 놓구 빨래도 널구 이불도 다시 널구 그랬었어.

세월이 잠깐이여, 그렇게 햇볕에 이불 몇 번 내다 널구 비설거지 몇 번 허다 보니께 구십 평생 세월이 흘렀드란 말이여. 세월이 참 잠깐인 겨.

봄 여름 가을 겨울

해마다 사계절이 있는 건 참 좋은 것 같어. 계절이 바뀌는 걸 해마다 수없이 봤지만, 봄이 올 때마다 봄이 다르고, 여름이 올 때마다 다르고, 가을도 다르고 겨울도 다르고 그렇드라구.

봄이면 봄이구 여름이면 여름이지 뭐가 다를까 싶은디, 매번 올 때마다 다르더라구. 그게 뭔지 자세히 모르것지만 꽃이 피는 날도 다르고 꽃이 지는 날도 다르고 하지만 그보다도 암튼 느낌이 다르더라구. 인생이 봄날 같으면 좋다구 하듯이 역시 계절은 봄이 참 좋아. 꽃이 피면 세상이 꽃 대궐이 되니께. 세상에 옹색한 게 하나도 안 보이구 환한 꽃만 보여서 좋더라구. 그리고 봄이 오면 쑥이 지천에 많었잖어. 그걸 뜯어다가 쌀을 빻아서 쑥하고 섞어서 솥에다 넣구 쑥버무리 쪄먹던 생각도 나구 그러네.

내가 어릴 때 아부지가 신발 가게를 하셔서 운동화를 주셨는데, 그걸 신고 책보를 메구 학교를 다녔었어. 여름이 되면 소학교 때 생각이 나더라구. 학교까지 한 오리 정도 되는 거리를 동무들이랑 같이 뛰어서 학교에 다녔는디, 중간에 개울이 있었어. 그때 개울이 얼마나 깊은가 보려구 발을 넣었다가 운동화가 떠내려 갔는디 그게 얼마나 아까웠는지 매일 학교 갈 때랑 올 때랑 신발을 찾다가 못 찾었어.

여름에 잃어 먹구 가을이 올 때까지 찾다가 못 찾었는데, 그게 팔십 년도 더 된 얘긴디 그때 생각이 생생하게 나더라구. 가을에는 밤 따러 다니구, 감 따러 다니구, 가을은 그때도 여치랑 귀뚜라미 몇 번 울면 후딱 지나갔구.

겨울이 그렇게 길었어. 그때는 가난한 시절이어서 그랬는지 춥기도 엄청 춥고 눈도 엄청 오구 그랬어. 요즘은 고드름도 잘 안 보이던디 옛날에는 처마 끝에 고드름도 참 크게 얼었었거든. 연탄도 없을 때였으니께. 나무 한 짐 해서 구들에 불을 때던 시절이니께. 겨울이 무척 길고 추웠던 생각이 많이 나는디, 그래도 필요 없는 계절은 없드라구. 겨울이 있어야 봄도 따뜻한 거구, 여름에 비도 와야 농사도 잘 짓는 거구, 가을에 햇볕이 잘 들어야 곡식도 익고 과일도 달고 그럴 거 아녀. 그래두 뭐니 뭐니 해도 나는 꽃피는 봄이 참 좋더라구. 내 생일이 있어서 그런가 모르겄지만 봄만 되면 좋았어. 다섯 번만 더 보면 봄을 백 번 맞이하는 건디, 벚꽃이 백 번 피는 걸 볼 수 있을까 모르겄네.

생일

더 나이를 먹으면 잊어버릴지 몰라도 나는 우리 식구들 아부지부터 우리 집 육남매 생일 날짜를 아직 다 기억하는디, 그중에서 내 생일날이 계절이 젤 좋다구 다들 그랬어. 아부지도 엄마 생일이 참 좋다고 하셨잖여. 음력 3월 7일인디 이때가 되면 어김없이 벚꽃이 피어났거든. 꽃이 피니까 새도 날아들고 새소리도 들리고 날씨도 온화하고 따뜻해. 이때가 겨울 추위가 다 지나가고 여름 더위는 근처에 얼씬거리지도 않구 그러니께 파리 모기는 없고 꿀벌만 있는 계절이거든. 그래서 내 생일은 날짜를 잊어 먹어도 벚꽃이 필라고 하면 다 기억을 하고 그랬어.

일 년 중에 벚꽃이 필 때가 사람들 기분이 젤 좋거든. 봄꽃 중 젤 일찍 피는 꽃은 아니지만 젤 화사하고 복스럽게 피잖여. 밤에 보면 뭉게구름 같기도 하고 고봉밥 같기도 하고 아무튼 젤 푸짐허지. 그래서 벚꽃 구경들도 많이 가잖여. 예전에는 진해에 군항제가 유명했었는디, 그게 벚꽃 필 때 하는 벚꽃 잔치거든. 아부지랑 진해까지 가서 꽃구경도 하고 그랬었지.

그때는 허리가 아프기를 허나 무릎이 아프길 허나, 아픈 데 없이 성허니까 어디든지 가고 싶고 찾아 다니고 싶고 그랬어. 그래서 노래에도 "노세 노세 젊어서 노세, 늙어지면 못 노나니" 그런 노래도 있잖여. 근디 말이 그렇지 젊어서는 먹고 살기 바쁘고 애들 키우기 바빠서 놀러 다니는 게 쉽간디, 그게 쉽지 않었지.

앞으로 오 년 있으믄 내가 백 살인디, 벚꽃이 백 번 피는 것 볼 수 있으려나. 요즘은 그런 생각이 자꾸 들어.

장수

'김마리아' 우리 엄마가 백 세를 한 살 못 채우고 구십구 세까지 살다 돌아가셨잖여. 내가 지금 구십오 살이니께 어쩌면 내가 우리 엄마만큼 살려나 어쩌려나 모르지만 지금까지 살은 것도 장수를 했다믄 헌 거라구 할 수 있을 겨. 장수를 하는 사람들은 몸에 좋은 보약을 철따라 해먹구 홍삼도 먹구 그러는가 모르것지만, 나는 열이 많어서 홍삼도 잘 안 받고 보약이라고는 먹지도 않지만 밥이 보약이라는 생각은 있지. 밥이 보약인디 밥을 먹더라두 급허게 먹으믄 동메달이구, 밥을 남들 먹는 대루 그냥 먹으믄 은메달이구, 밥을 천천히 먹으야 금메달인 겨. 밥이 그냥 보약이 아니라 천천히 꼭꼭 씹어 먹으야 보약인 겨.

나는 한 숟가락 밥을 먹을라면 백 번은 씹어서 삼키잖여. 그래서 한 끼 먹는 시간이 한 시간도 걸리고 한 시간 반도 걸리구 그려. 테레비에서 여행가는 프로를 많이 해주니께 울릉도 여행 가는 거나, 중국에 있는 폭포도 보구, 태평양도 보구, 그런 프로그램을 많이 해주니까 밥 먹으면서 그걸 보면서 먹으믄 나도 여행을 간 것 같은 느낌이 들고 좋더라구. 밥을 오래 먹으니까 먹다보믄 국이 식으니께 국도 한 번 더 데워와야 하구 밥 차리는 사람은 귀찮더라도 평생 습관이 그렇게 붙었잖여. 그래서 나는 교사 할 때도 선생님들하고 다 같이 식당가는 게 미안하더라구. 남들은 다 먹구 일어날 시간에 나는 절반도 못 먹구 있으니께 먼저 일어날 수도 없구 허니께 바늘방석이지. 그래서 외식도 별로 좋아허들 안혀. 외식을 허믄 고기들을 많이 구워 먹는디 나는 고기도 별로 좋아하지도 않고 생선을 좋아하는디, 막내아들이 끼니때마다 밥상에 연어를 꼭꼭 몇 점씩 올려주고 내가 계란 좋아허니께 계란 반숙도 들기름이랑 깨소금 쳐서 끼니때마다 꼭꼭 먹으니께, 아마도 그 힘으로 여적 사는 거 아닌가 모르것어.

홍삼 같은 건 안 먹어도 두유는 매일 먹고, 걷기가 힘드니께 누워서라도 맨손 체조를 하구 그러지. 그리고 성격에 화가 별로 없어. 큰소리 내는 거 안 좋아하구 아부지랑 평생을 살았어도 큰소리 한번 안 내보구 살었잖여. 화가 난다구 큰소리를 내서 속이 후련하면 그럴 수도 있을라나 모르것지만, 화가 날 때는 그냥 가만히 있으믄 화가 녹드라구. 눈이 펄펄 내릴 때 눈 쓸어봐야 소용없잖여. 냅두믄 해가 나고 해가 나믄 쌓인 눈도 녹구 그러는 게 이치잖여. 그저 이치대로 살아온 게 이 나이까지 산 것 같어.

아들
생각

늙는다는 축복

나는 이제 오십구 세가 되었고 나의 노모는 구십오 세가 되었다. 늙을 수 있다는 건 용케 병을 피해 온 사람들만 누릴 수 있는 행운이고 축복이다. 아픈 사람들은 모두 늙기도 전에 세상을 떠났다. 나도 무럭무럭 늙어서 축복받은 노인이 되고 싶다. 젊은이로는 살아봤지만 아직 노인으로 살아보진 못했다. 눈도 침침하고 귀도 어둡고 무릎도 아프고, 혼자서 화장실을 가기 힘든 날들이 올 때까지 기꺼이 살아보고 싶다. 모든 걸 내려놓고 체념하고 내가 들어갈 묫자리를 그려보거나 달빛 아래 치자꽃 한 송이만 봐도 왈칵 젊은 날이 그립고 서러운 늙은이로 살아보는 은총을 누려보고 싶다.

영화 <은교>에서 박해일이 이런 대사를 한다. "너희 젊음이 너희 노력으로 얻은 상이 아니듯 내 늙음도 내 잘못으로 받은 벌이 아니다." 하지만 나는 무사히 '늙음'이 오히려 노력으로 받은 상이라 여겨진다.

그토록 나는 무럭무럭 늙어가길 열망한다.

3부

다정하거나 쓸쓸한
사소하거나 거룩한

동태탕

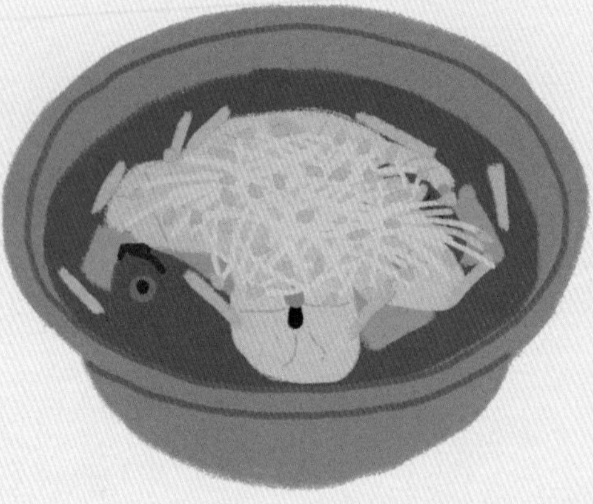

겨울에는 동태를 많이 먹었었지. 그때 동태가 싸지도 않았었어. 싸서 먹은 게 아니라 대식구가 먹는디 푸짐해서 좋잖여. 동태를 한두 마리만 넣구 무를 한두 개 쓸어 넣구 고춧가루를 넣구 얼큰하게 끓이믄 땀을 뻘뻘 흘리면서 국물까지 먹잖여. 그럼 감기도 잘 안 걸리구 한겨울에 대식구가 배부르게 먹을 수 있는 음식이었지. 요즘은 동태탕에 쑥갓을 많이 넣는디 예전에는 한겨울에 쑥갓이 귀했어. 그때는 가을 무를 뒤뜰에 구덩이를 파고 묻어 놨다가 하나씩 꺼내서 겨우내 먹었는디, 우리는 주로 동태탕 끓일 때 무를 많이 넣어 먹었었지. 그리고 그때는 집집마다 콩나물을 길러 먹을 때니께, 콩나물 시루 밑에 나무 두 개 받치고 물받이 그릇만 대주고 물만 주면 콩나물이 혼자 자라니께 콩나물도 동태탕에 많이 넣었어.

동태가 기가 맥히게 맛이 있는 생선이라 많이 먹었든 건 아니구, 할아부지 할머니를 모시구 살 때니께 노인들 밥상에 맨날 김장 김치에 시레기국만 올릴 수가 읎잖여. 노인들은 비린 거라도 좀 자셔야 기력이 나니께 말여. 동태가 팔팔 끓이믄 살이 잘 풀어져서 소화가 잘되거든. 그래서 노인들이 자시기에 참 좋은 생선이여. 식구도 대식구니께 동태 한두 마리 사서는 한 끼니 먹으믄 없으니께 장날 동태를 가지구 오는 생선 장수 아줌니가 있었어. 그 아줌니한테 말을 해놓으믄 장날에 한 짝씩 가지구 왔었어.

장이 오 일마다 열리니께 겨울에는 동태를 오 일에 한 짝씩은 먹은 것 같어. 겨울이어도 생선은 상허니께 동태 장수가 마당에 놓구 가믄 아부지가 두 마리씩 끈으로 묶어서 빨랫줄에 걸어논단 말이여. 그때는 냉장고가 없을 때니께 보관을 하려면 그렇게 동태를 빨랫줄에 걸어서 꾸덕꾸덕하게 말려서 먹었었지. 동태는 추울 때 한겨울이 젤 맛이 있어.

날씨가 점점 풀리고 봄이 올 때쯤이믄 동태도 맛이 덜해. 요즘도 겨울이 시작되믄 동태탕 생각이 나더라구. 동태도 동태지만 식구들이 전부 다 밥상에 둘러앉아서 밥 먹던 생각이 나. 그때가 좋았어서 그때 생각이 나서 동태 생각이 나는 건지도 모르것네.

장독대

요즘은 장독대 보기가 힘들어졌지만, 예전엔 집집마다 장독대 없는 집이 없었어. 솥단지가 없더라도 장독대는 있다고 했을 정도였지. 마당에 들어서면 젤 양지바른 곳에 장독대가 있는디, 해가 잘 들어야 장이 잘 익고 맛도 좋은 겨. 장독대가 반질반질하구 윤이 나면 이 집 며느리 잘 얻었나 보다, 색시가 참 바지런헌가 보다, 인물보다도 장독대를 보고 그렇게 평가를 해주고 그랬었거든.

요즘에 김치냉장고가 집집마다 다 있듯이, 그때는 장독에다 고추장 된장이며 간장이며 젓갈이며 전부 다 보관을 하는 음식 창고여서, 쌀 뒤지 만큼 집안에 중요한 게 장독대였어. 김장하듯이 장 담그는 게 집안 아주 큰 행사여서 장 담그는 날은 정갈하게 목욕도 하고 장독에 짚을 불붙여 넣어서 잡내도 잡고 잡균도 잡고, 장을 담그고 나면 금줄이라구 해서 새끼줄을 꼬아서 숯이랑 홍고추를 장독에 매달아 놓으면 잡귀도 쫓는다구 무척 정성을 다했었거든.

애기 낳은 집에도 삼칠일은 바깥사람들이 발걸음을 안 하잖여. 장 담군 집도 사나흘은 출입을 안 허구 그랬어. 부정 탄다구 그랬었거든. 장 담구는 것을 애기 낳은 것처럼 그렇게 소중하게 생각했었으니께 당연히 장독대도 소중하게 여겼었지.

메주를 소금물에 담궜다가 된장을 만들고 그러구 나면 남은 소금물을 달여서 간장도 만들어 먹었잖여. 그게 국간장으로 쓰는 조선간장이고 왜정 때 들어온 간장이 왜간장인디, 조선간장하고 왜간장 맛을 합쳐 맛을 내는 샘표 간장이 공장에서 나오면서 많이들 사다 먹었지. 옛날에 플라스틱 병이 귀할 때는 맥주병을 씻어서 거기다 담아서 샘표 간장을 팔았는디 편하고 맛이 있으니께 담궈 먹던 간장을 조금씩 사다 먹기 시작했어. 그러면서 차츰차츰 공장에서 된장도 나오구 고추장도 나오구 허니까 장독도 하나둘 없어진 거지. 우리 동네만 해도 장독대 있는 집이 없잖여. 옛날에는 정안수 떠 놓구 장독대에서 소원을 빌고 그랬는디, 집안에 장독대가 없으니까 뭔가 허전한 것 같더라구.

밥심

내 나이가 구십오 세인디 아직 밥맛이 떨어지지 않아서 밥심으로 사는 것 같어. 예전부터 밥을 좋아 해서 떡이니 빵이니 국수니 그런 것보다 밥이 좋았어. 예전에는 쌀이 지금처럼 좋지는 않았는디도 나는 밥이 좋더라구. 정부미라고 해서 박정희 대통령 때 쌀이 통일벼·유신벼 이런 쌀이였는디, 밥을 지어보면 찰기도 없구 때깔도 안 좋구 그랬었거든.

그래두 밥을 잘 먹었는디 어느 땐가 아키바리쌀이 나왔다는 겨. 아키바리는 원래 일본 벼인디, 박정희 때 들여와서 그걸 키웠는디, 아키바리 쌀은 밥을 해놓으면 윤기가 좔좔 흐르고 찰기도 있고 고슬고슬하기도 하구 밥이 참 부드럽구, 밥맛이 이런 맛이 있구나 허는 걸 첨 맛봤잖여. 그러니께 농사꾼들도 유신벼나 통일벼 같은 쌀은 정부에다가 팔어먹구 우리가 일반미라구 허는 아키바리는 시장에 내다 팔구 그랬었지. 그래서 통일벼로 농사진 정부미는 싸고 아키바리 벼로 농사진 일반미는 좀 비싸구 그랬어. 지금은 정부미도 예전 같지 않구 맛이 좋은디, 옛날에는 밥이 맛이 떨어진다구 떡 해먹구 그랬었어. 지금이야 아키바리 말구도 이천 쌀도 있구 철원 쌀도 있구 맛있는 쌀들이 많이 있지만, 아키바리가 처음 나왔을 때 밥맛은 참 잊을 수 없는 맛이었던 것 같어.

사람 사는 힘이 밥심이라고 허잖여. 뭘 먹어도 밥보다 좋은 보약이 없는 겨. 좋은 보약 열 첩, 백 첩 먹는 것보다도 하루 세 끼니 밥을 먹는 게 그게 보약인 겨. 내가 이나마 건강 유지허구 사는 것두 다 밥심이여.

젖

우는 애기 떡 하나 더 준다구 허는디, 우는 애기 떡 주믄 목 맥혀. 잘못허는 겨. 큰일 나는 겨. 우는 애기는 언능 젖을 물리야는 겨. 예전에는 애기를 들춰업고 논일하다가도 밭일하면서도 애기들 젖 멕이면서 다 했는디, 요즘은 애기 젖 멕이는 걸 잘 못 보는 것 같어. 어디 숨어서 몰래 멕여서 그러는가, 아니믄 분유를 멕이는지 애기 젖 멕이는 엄마 보기가 힘들드라구. 분유가 없던 시절에는 젖 밖에는 멕일 게 없었는디, 애기 엄마가 젖이 마르믄 애기를 안구 동네에서 젖 많이 나는 애기 엄마한티 가서 젖을 얻어 멕이기도 하구 그랬잖여. 심 봉사도 심청이를 어미 없이 키우느라구 젖동냥해서 키웠잖여.

요즘은 애기를 너무 안 낳아서 문제지만, 우리 애들 태어날 때만 해도 애기를 너무 많이 난다구 나라에서 그만 낳으라구 뜯어 말리구 다닐 때 아녀. 보건소에서 수시로 교육을 나오구 그랬었잖여. 나도 많이 낳았지만, 그때는 어느 집이나 애기를 대여섯 명은 낳으니께 그걸 당연하게 생각혔지. 많다고 생각도 안 혔었어. 그러니 젖이라는 게 수도꼭지처럼 항상 철철 넘치는 게 아니잖여. 큰애부터 젖을 빨어 먹기 시작하믄 막내가 먹을 때쯤 되믄 아무래도 엄마도 나이가 들고 젖이 마르니께 집집마다 막내들이 젖을 많이 못 얻어먹어서 션찮기도 하구 그랬잖여. 그때는 가난하던 시절인디, 애기들을 왜 그리 많이 낳았냐면 애기들도 다 재산이라구 생각하니까. 태어나면서 지 먹을 건 갖구 태어난다는 말도 있지만, 사람이 입은 하난디 손은 두 개잖여. 손이 두 개니께 부지런히 움직이믄 입 하나 먹을 거 없것나 싶은 거여.

그리구 애기를 많이 낳던 시절에는 동네에서 젖도 얻어 멕이구, 나눠 멕이구 그런 일도 다반사였어. 그게 부끄런 것도 아니구 흉도 아닌 겨. 내 새끼 배고파 우는디 에미가 어떻해서든지 젖을 멕이는 게 당연한 거지. 챙피헌 게 아니잖여. 옛날 엄마들은 다들 그렇게 키웠잖여.

염소탕

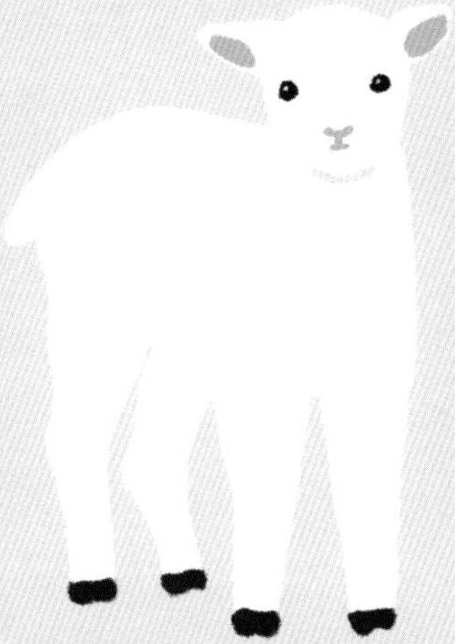

테레비에서 염소만 봐도 큰아들 생각이 나더라구. 군대 갈 때 몸보신해서 보낸다고 동네 아저씨한티 부탁해서 염소 한 마리를 잡아서 염소탕을 해 멕여서 군대를 보냈었잖여. 그게 한 번이고 마지막으로 해준 염소탕이었던 것 같어. 흑염소 한 마리를 잡아다가 시래기 넣구 고사리 넣구 토란이랑 깻잎 넣구 푹 끓여서 들깨가루 풀어서 주믄 뜨거운 걸 훌훌 불면서 먹던 생각이 지금도 나지. 졸(부추)이랑 깻잎이랑 깔고 수육도 해주고 그렇게 흑염소 한 마리를 며칠 동안 다 먹구 갔어. 그래서 그랬는지 제대할 때까지 감기 한번 안 걸렸다고 허드라구. 그런디 그렇게 허망허게 세상을 일찍 뜰 줄 알았으면 염소가 아니라 소라도 잡아 줬으야 허는 것인디 말여.

인물도 좋구 기타도 잘 치고 유도도 3단이나 되구 공부도 잘하고 못하는 게 없는 아들이었는디, 미인박명이란 말이 있는디 그게 여자만 맞는 게 아니라 남자도 맞는 것 같어. 재주가 그렇게 많고 인정도 많어 가지구 언젠가는 새 잠바를 사줬는디 어느 날 잠바를 안 입고 집에 왔더라구. 그래서 잠바 어쨌냐구 물어보니께 길게 얘기도 안 허구 “잠바 없이 겨울 나는 친구가 있어서 벗어주고 왔슈" 그러더라구. 나두 길게 물어보지도 않었어. 그만큼 인정도 많던 사람이었잖여. 너무 일찍 세상을 떠서 지금도 애통허지.

자식이 죽으믄 가슴에 묻는다구 허잖여. 그게 딱 맞는 말이여. 옛날 그 시절로 돌아갈 수 있다면 그저 손으로 볼이라도 만져 보구 살닿는 감촉을 느껴봤으믄 좋것어. 눈으로 보구 머리로 생각허구 그런 것보다 한 번만이라도 다시 손으로 만져봤으믄 싶더라구. 어릴 때부터 만져본 감촉이 이제 가물거려서 머리통이건 손이건 종아리던 간에 옛날로 돌아간다믄 한 번만 더 만져보구 싶다 그런 생각이 들더라구.

아들
생각

좋다

좋다, 좋다, 참 좋다. 햇볕이 좋은 오전에 강둑을 따라서 산책할 때 노모가 주로 하는 얘기는 시절이 참 좋았던 젊은 시절의 얘기들이다. 돌아가신 아부지 얘기도, 일찍 세상을 떠난 형 얘기도 항상 좋았던 얘기만 하신다.

“네 형이 얼굴도 잘나고 공부도 잘하고 유도도 잘하고 기타도 잘 치고 술도 잘 마셨다.” 그런 말씀 하시면 ‘술 잘 마시는 건 나랑 똑같구먼’ 이런 식의 대화가 이어진다. “네 아부지는 약질 못해서 네가 아부지 닮아서 약질 못 하잖여.” “그래도 내가 술은 잘 마시잖여요.” 그런 맥없는 얘기들을 할 때 노모가 고수의 북장단처럼 ‘좋다, 좋다, 참 좋다’ 추임새를 넣으신다.

날씨가 좋다는 건지, 꽃이, 바람이 좋다는 건지, 세상 떠난 아부지나 형이 있는 저승보다 이승이 좋다는 건지 모를 추임새를 ‘좋다, 좋다’ 넣으신다. 추임새가 아름답기도 하고 쓸쓸하기도 하다.

자전거

지금은 집집마다 차가 한 대씩 다 있지만 예전에는 집집마다 소가 한 마리씩 있었잖여. 그리고 집집마다 자전거가 한 대씩 있던 때가 있었어. 지금은 공무원들도 자가용을 타고 출퇴근을 허지만, 예전에는 버스가 안 닿는 곳도 많어서 십 리 이십 리는 그냥 걸어 다니구 그랬었는디, 그럴 때 자전거가 있으믄 참 편리했었지. 큰 자전거는 짐 자전거라구 해서 자전거두 크고 뒤에 안장이 넓고 그랬어. 거기다 양조장 막걸리 말 통도 서너 개씩 매달구 배달허구, 쌀가게에서도 자전거로 쌀을 두세 가마씩 싣고 배달하고 그럴 때여. 짐을 높이 쌓고 씽씽 달리는 거 보믄 재주도 참 좋다 싶구 신기하기도 하더라구.

그때 우리 집에도 자전거가 있어서 아부지도 자전거를 타고 다녔는디, 어느 날인가 아부지가 삼천리 자전거를 한 대 사 가지구 오셨더라구. 앞에 바구니가 달리고 안장도 낮은 여자용 자전거였는디, 그걸 배워서 학교에 출퇴근할 때 타고 다니라고 사 온 건디 자전거 안장에 앉는 게 덜컥 겁이 나더라구. 아무리 고운 옷도 지 몸에 안 맞으믄 못 입는 거구, 아무리 맛있는 음식도 지 입에 안 맞으믄 못 먹는 거잖여. 나는 자전거가 잘 안 맞는 것 같더라구.

거리가 멀어도 일찍 나서서 천천히 걸어가면서 들도 보구, 하늘도 보구, 그렇게 걸어댕기는 게 체질에 맞는 것 같더라구. 그래서 그때 자전거를 못 배워서 자전거를 평생 못 타봤는디, 뭐든지 자기한테 맞는 게 있는 겨. 나는 바퀴 달린 건 자동차구 자전거든 간에 다 불안허드라구. 두 발로 걸어 댕기는 게 젤 마음이 편한디, 이제는 다리를 하도 오래 써서 그런가 걷는 것도 힘드니 말여. 그때 자전거를 배워서 타고 다녔으믄 지금 무릎이 좀 덜 아팠으려나, 그건 모르것네.

테레비

저녁 해 먹구 나서 치우고 나믄 아랫목에 누워서 라디오 연속극 듣는 게 재미가 있었어. 그때는 집집마다 라디오가 있어서 뉴스도 라디오로 듣구 남자들은 축구 중계, 권투 중계 같은 것도 라디오로 듣고 그랬었잖여. 그런디 어느 날부터인가 테레비가 나와 가지구 우리 집 애들이 테레비 본다구 저녁에 집을 나가서 안 들어오는 겨. 금강여관 아랫집 문숙이네랑 전주식당 옆집 선영이네랑 테레비 있는 집이 몇 집 없었는디, 그 집에 가서 테레비를 보구 온다는 겨. 친구네라구 해도 저녁에 남들이 집에 와서 앉어 있으믄 좋기만 했것어. 그래서 없는 살림에 아부지가 결단을 하고 테레비를 사신 겨. 금성사에서 나온 테레비였지.

그때는 모두 흑백 테레비였는디 테레비에 여닫이문이 달려 있어서 테레비를 볼라믄 여닫이문을 열고 테레비를 키구 안 볼 때는 장롱처럼 여닫이문을 닫아 놨었어. 우리 집이 테레비를 샀을 때는 동네에 테레비를 산 집이 많았는디, 그래도 테레비가 그만큼 귀했던 때였잖여. 지붕 위로 기다랗게 안테네가 달려 있으믄 저 집은 테레비가 있는 집이구나, 사는 게 웅색허

진 않은 모양이다 그럴 때여. 안테나 달린 집만 골라서 도둑이 든다는 말이 있었으니께 말여.

지금도 그때 봤던 연속극 생각이 나고 이름도 생각이 나. 박주아가 할머니였나, 시엄마였나 그랬고, 색시가 태현실, 바보가 장욱제 그랬어. 장욱제 그 양반이 "색시야, 색시야" 하고 태현실 따라다니고 그랬었어. 그 양반들은 지금 살었는가 죽었는가 모르것네! 요즘엔 테레비에 안 보이더라구. 그 드라마 제목이 〈여로〉였거든. 그때 사람들이 〈여로〉를 다 봤었는데, 동네 사람들이 테레비로 〈여로〉 본다고 사고 그랬었어.

'대머리 총각' 부른 가수 김상희도 고려대까지 나온 여자여. 김상희도 죽었는가 살었는가 테레비에서 본 지 오래됐어. 테레비 나오고 그럴 때부터가 우리나라 사람들이 그래도 밥은 먹고 살 때였잖여. 생각해 보믄 우덜이 편하게 산 지가 그렇게 오래된 게 아녀. 애들 어릴 때만 해도 미국이 주는 분유를 타먹구 그럴 때니께 말여. 분유 가루 옥수수가루를 구호물자로 받아서 먹었었잖여. 그렇게 배고픈 시절이 있었다는 걸 잊어먹지 말으야 혀.

옥선이

김옥선 선생이라구 엄마랑 같이 교사 생활을 오래 했는디, 병을 얻어서 고생고생허다가 먼저 세상을 떴어. 몸집도 작고 땅콩만 한디 차돌맹이처럼 단단해서 오래 살 줄 알었더니, 단단한 거하구 오래 사는 것 하고는 아무 상관이 없는 것 같더라구. 학교에서도 그렇구 밖에서도 그렇구 항상 웃으면서 나보구 '성님' '성님' 했었어. 나보다 나이가 한참 어렸었으니께.

할머니 돌아가셨을 때도 젤 먼저 달려왔는디 그때는 장례식장이 따로 있는 게 아니라 집에서 초상을 치뤘잖어. 할머니 돌아가신 게 첫 장례여서 경황이 없었는디 조문객들이 몰려오니께 더 정신이 없지. 계절도 그때가 하절기 때라서 음식도 조심허야 하구 아무튼 정신이 없는디, 옥선이가 오자마자 앞치마를 둘러매더니 부엌으로 바로 들어가더라구. 옥선이 아니었으믄 초상 치루기 힘들 뻔했어. 아무튼 힘들 때마다 옥선이가 나타났던 것 같어.

김장철에 배추 절일 때도 '성님~' 하면서 집안에 들어서면, 마당에 펄펄 눈이 내려도 수건을 머리에 뒤집어쓰고 귀마개하고 고무장갑 끼고 김장두 같이 해주고 그랬지. 그때는 기본이 배추 백 포기할 때인디 배추김치만 담구는 게 아니라 백김치 담구지, 파김치 담구지, 동치미 담구지, 김장이 정말 큰일이었잖여. 집안에 대소사 있을 때마다 옥선이가 젤 먼저 달려 왔었는디, 승질이 왜 그리 급했는지 저승길도 먼저 달려갔어.

고향 떠나서 아들하고 경기도 안성인가에서 지내다가 거기서 세상을 떴는디, 내가 몸이 거동을 할 수 없으니, 마음으로만 천국에 가라고 기도했지. 마지막 가는 길 배웅두 못 해서 옥선이에게 미안하드라구. 살다가 나도 저승에 가면 아부지두 만나보고 큰아들두 만나보고 싶지만, 옥선이 생각두 나드라구.

기차길 옆 오막살이

'삼락회'라고 학교 교사들 모임이 있어. 지금도 내가 회원이라서 일 년에 오만 원씩 회비를 내잖여. 내가 아마 회비 내는 최고령이 아닐까 싶어. 가끔씩 모여서 여행을 갔었는디, 여름방학에 설악산을 가는디 기차를 타고 갔어. 기차여행을 하면 참 기분이 좋아. 버스는 멀미를 해도 기차는 멀미를 안 하더라구. 그리고 기차는 화장실이 있어서 멀리 가도 맘이 편하고 모여 앉아서 삶은 계란도 먹고 사이다도 마시고 그게 그렇게 재미가 있어. 그때는 기차를 타러 가면 꼭 계란을 한 보따리 삶어서 같이 나눠들 먹었어. 감자도 삶아가서 사이다랑 먹었지. 칠성 사이다, 지금도 있지 칠성 사이다.

기차 타본 지도 참 오래됐는디 요즘도 파나 모르겄지만 '홍익회'라고 있었어. 아저씨가 밀대를 끌고 기차를 칸칸이 다니면서 땅콩도 팔고 오징어도 팔고 주전부리할 것들도 팔고 도시락도 팔고 그랬어. 기차가 또 좋았던 게 차창 밖으로 산도 보이고 들판도 보이고 강도 보였다가 마을도 보였다가 학교도 보였다가 교회도 보였다가 하니까 기차 창문으로 무슨 영화를 한 편 보는 것 같은 재미가 있거든. 기차가 덜커덩 덜커덩 하는 소리도 재미가 있고, 몸도 따라서 덜커덩 덜커덩 하는 것도 재미가 있고 그랬지. 그리고 그때는 기차에서 노래들도 한 곡씩 하고 그랬는디, 젊은이들은 기타를 치면서 노래를 하는데 참 듣기 좋더라구. 누구 한 사람 노래 소리 시끄럽다고 하는 사람도 없었어. 우리도 설악산에 갈 때 노래를 부르면서 갔는데, 그때 부른 노랜디 한번 들어봐.

"기찻길 옆 오막살이 아기 아기 잘도 잔다 칙폭 칙칙 폭폭 칙칙 폭폭 칙칙 폭폭 기차 소리 요란해도 아기 아기 잘도 잔다~~"

이 노래를 부르니까 그때 생각이 더 나네. 그때 같이 갔던 친구들은 조상순 선생, 김옥선 선생, 모두 다 세상을 떠났고 홍기엄마라고 있어, 이제 이름도 까먹었네. 아무튼 그 선생은 치매가 심해서 몇 년 전에 얼굴 보고 보질 못 했는디, 죽었으믄 죽었다고 연락이 올 텐디 연락이 없으니 아직 살아 있겠구나, 그러고 있는 거지. 전화를 해도 못 알아듣는 사람한테 무슨 전화를 하겠어. 세월은 흘러가 버리면 돌이킬 수 없이 야속한 거여.

청심환

청심환이 곁에 없으믄 맘이 불안햐. 늙으니까 돋보기랑 지팽이랑 청심환, 이 세 가지가 실이랑 바늘처럼 나를 따라 댕기더라구. 돋보기 없으믄 성경책 한 줄도 읽을 수 없구, 지팽이 없으믄 한 발자국 옮기기도 힘이 들어. 내가 짚구 다니는 지팽이가 명아주 지팽이여. 명아주가 가볍고 단단해서 노인들 지팽이로 무지 좋다구 칠순 때 선물을 받은 건디, 내가 팔순 때까지도 지팽이를 안 짚구 다녔어. 그 정도로 허리가 꼿꼿했는디 막내 딸이 아파서 병원에 입원했을 때 병원에 갔다가 낙상해서 허리를 다쳤잖여. 허리구 무릎이구 저리기 시작해서 그때부터 지팽이를 짚기 시작한 겨. 지금은 지팽이가 내 다리나 마찬가지여. 지팽이 없으믄 꼼짝을 못 허잖여.

그리고 어느 날은 눈을 떠보믄 천장이 빙글빙글 돌고 식은 땀이 나고 심장이 벌렁벌렁 뛸 때가 있어. 그럴 때는 얼른 청심환을 하나 먹어야 진정이 되더라구. 동의보감 한의원 강 원장이 어지러울 때는 하루에 서너 번 먹어도 된다는디 겁이 나서 하루에 한 병 이상은 안 마셔봤어. 청심환도 파란 곽에 든 거 삼천 원짜리 있어, 더 비싼 것도 필요 없구 그게 잘 듣더라구. 잘 때 오줌이 너무 자주 나오니까 잠을 제대루 못 자서 송내과에서 처방받은 요실금 약 하나 먹구 머리맡에 청심환 한 병 놓구 자야 맘이 편안하드라구. 머리맡에 항상 성경책이랑 돋보기 놔두고 청심환 한 병 놔두믄 안심이 되드라구.

금방 죽을 것 같다가도 청심환 한 병 마시믄 금세 살아나드란 말이여. 청심환이 어떤 때는 든든한 아들 같구 아부지 같구 그렇드라구. 청심환이 참 좋은 약 같어.

119

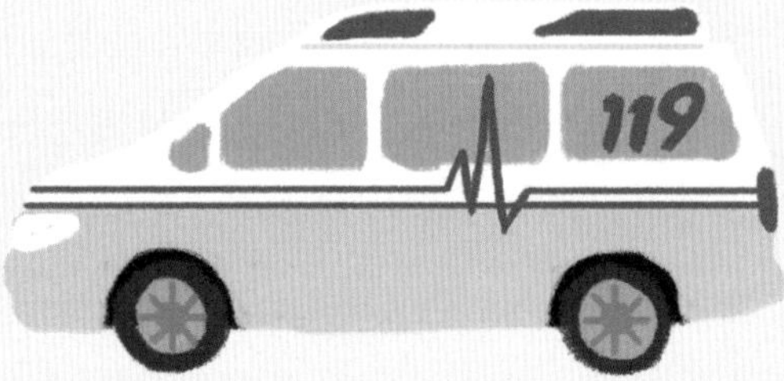

예전에는 왕진 가방 들고 의사 선생님들이 집집마다 환자 보러 다니는 일이 많았었어. 노인들이 아프믄 병원까지 가는 일이 황천길보다 너 먼 것 같은 겨. 그때는 버스가 많기를 허나, 자가용이 있기를 허나, 기껏해야 리어카를 타거나 달구지를 타고 병원까지 가야 허구 그러니께 왕진 의사 선생님이 자전거 타구 집으로 오구 그렸잖여. 그런디 요즘은 왕진 가방 들고 치료하러 오는 의사 선생님들도 없는 것 같어.

그 대신 119구급대가 있잖여. 119구급대가 정말 훌륭한 분들이여 내가 볼 때는, 멀리 있는 자식보다도 119가 훨씬 낫다는 생각이 들더라구. 나이를 먹다 보믄 팔다리에 힘이 빠지니께 자꾸 발을 헛디디고 자꾸 넘어지는디, 노인들이 넘어지면 큰일 나는 게 뼈가 약해져 있으니께 뼈가 똑똑 잘 부러지잖여. 뼈 중에서도 엉치뼈 고관절이 부러졌다 하믄 수술받다가 세상 뜰 수도 있다는 겨. 그만큼 큰 수술이라는 겨. 전신마취를 하구 수술을 허는디 마취가 영영 안 깰 수도 있다는 겨. 그래서 나도 안 넘어지려구 그렇게 조심을 허는 디도 일전에 화장실에서 넘어졌잖여. 그때 자빠져서 꼼짝을 못 하구 있다가 혹시 뼈가 부러졌으믄 움직이면 안 된다구 막내가 가만히 있으라구 하구 119를 불렀잖여. 아마도 십 분도 안 되구 오 분도 안 될 겨. 금방 앰블런스 차가 집 앞으로 오더니 집안으로 들싯을 들고 남자 두 명 여자 한 명, 세 분이 왔는디 이름도 물어보구 주민번호도 물어보구 어디가 아프냐구 차분하게 물어보는디 참말로 친절하드라구. 그러더니 들것에 나를 싣고 병원까지 가는디, 앰블런스 차 안에서도 다른 데는 아픈 디가 없냐구 물어보구, 이것저것 자상하게 물어보는디 그렇게 친절하고 다정할 수가 없더라구. 내 평생에 구급차를 처음 타봐서 겁도 나구 불안했는디, 곁에서 손을 꼭 잡고 걱정허지 말라구 병원에 곧 도착한다구 안심을 시켜주더라구.

그때 병원에 가서 엑스레이도 찍어 보구 검사를 했더니만 다행히 고관절은 안 부러졌잖여. 정말 다행이라는 생각이 들더라구. 그때 고관절이 부러졌으믄 바로 수술을 허야 된다는디, 나이가 구십오 세라서 수술을 잘 허드라도 못 깨어날지도 모르는 나이라는 겨. 또 자빠져서 119 타는 일은 없어야 하겠지만 그때 119 타보니께 왕진 의사보다도 빨리 오구 친엄마 대하듯이 친절하더란 말이여. 진짜 고마운 119여.

동의보감 한의원

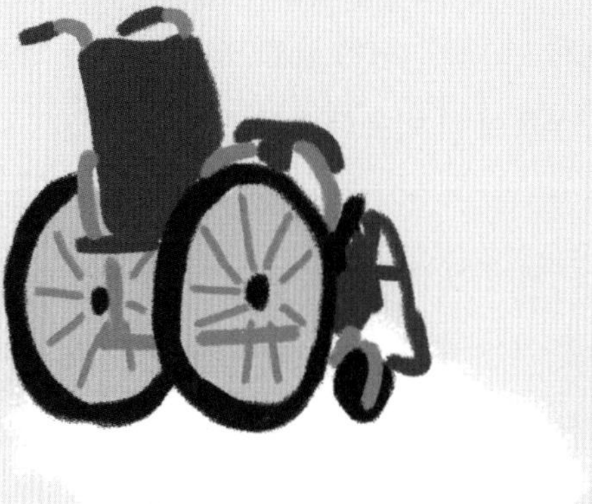

날씨가 좋은 날, 아들이 밀어주는 휠체어 타고 한의원 갈 때가 젤 기분이 좋아. 몸에서 냄새 나면 안 되니까 깨끗하게 씻고 분도 바르고 루주도 칠하고 외출하니까 기분이 좋지. 동의보감 강 원장님도 이무럽게 대해주고 침도 잘 놓고, 물리치료를 받고 나면 몸이 개운해. 갈 때마다 강 원장이 어디가 아프시냐구 물어보면 내가 늘 그렇게 말허지. "원장님!! 어디가 안 아프냐구 물어보는 게 더 나유." 나이 들면 아픈 디가 안 아픈 디보다 더 많으니께, 온몸이 다 아프다고 보면 되니께.

그래도 내 나이에 요양병원에 안 가고 집에 있어서 참 좋아. 나는 요양병원 가는 게 싫다고 말을 해놨으니께 싫다는 사람을 억지로 보낼 우리 아들이 아니여. 요즘은 나이 들면 자식들이 부모를 요양병원에 보내는 걸 당연하게 생각하는 것 같어. 요양병원이라는 곳이 걸어 들어가서 누워 나오는 곳이잖여. 살아서 들어가믄 죽어서 나오는 겨. 옛날 고려장이랑 똑같은 거거든.

나는 이렇게 살다가 아프면 연명치료도 안 하고 집에서 자다가 죽는 게 소원이지, 딴 건 뭐가 있겠어. 자식들 잘되고 내가 편히 죽는 거 그거 뿐이여.

아들 생각

놀이공원을 가듯

돌이 갓 지나서 잘 걷지도 못하는 아기를 데리고 놀이공원에 가려면 일단 예쁘게 씻기죠. 머리를 말려주고 몸을 잘 말리고 뽀송뽀송하고 통기성이 좋은 속옷을 입히고 보온성이 뛰어난 겉옷까지 잘 입혀서 분유통을 챙기고 여분의 기저귀를 챙기고 유모차를 챙겨서 길을 나서요. 준비 시간이 길고 준비할 것도 많아서 놀이동산에 도착하기도 전에 지치기도 하지요.

돌잡이 아기를 데리고 놀이공원에 가는 과정이랑 노모를 모시고 한의원에 침 맞으러 가는 과정이랑 똑같아요. 유모차 대신 휠체어를 타는 거 하나만 다르지요. 그리고 아들과 놀이공원에 가는 길은 함께 꽃길을 걷고 싶은 마음이고 노모와 한의원에 가는 길은 꼭 길이 아니어도 함께 가야 하는 마음이죠. 마음이 좀 달라요.

새소리

테레비를 볼 때는 귀가 안 들려도 화면에 글자를 써주니께 눈이 보이니께 그래도 볼만 헌디, 귀가 어두워서 안 좋은 건 밖에서 나는 새소리가 안 들려서 안 좋아. 산이 가차이에 있으니께 우리 동네로 철 따라 새들이 찾아와서 아침마다 듣기가 좋구. 새소리를 들으면 '아 제비가 왔구나' 그러면 봄이 왔구나, 뻐꾸기가 뻐꾹뻐꾹 울면 '여름이 왔구나 '그렇게 알 수 있었는데, 요즘은 새소리가 잘 안 들려.

내가 새소리 좋아한다구 아부지가 장날 새 장수한테 가서 십자매를 사다가 집에서 키운 적도 있었지. 아부지가 그렇게 자상하셨잖여. 전에는 집에서 산비둘기 소리도 자주 들리고, 소쩍새 소리도 자주 들리고 그랬었는디, 소쩍새는 아침에는 안 울고 밤에만 우는 새인디 소쩍새가 울 때 잘 들어보면 "솥 적다 솥 적다" 그렇게 울어. 그게 왜 그러냐면, 가난한 집에 살다가 부잣집 며느리로 시집을 간 색시가 있었는디, 시어머니가 밥을 할 때 작은 솥을 줘서 식구들 퍼주고 나면 며느리는 먹을 밥이 없어서 굶어 죽었다는 겨. 그 굶어 죽은 며느리가 소쩍새로 태어나서 "솥 적다 솥 적다" 그렇게 운다는 겨.

그리고 "뜸북뜸북 뜸북새 논에서 울고~" 그런 노래도 있는디, 뜸북새는 논에서 살긴 허는디 뜸북뜸북 울지 않고 딸꾹딸국 딸국질허듯이 우는 게 뜸북새여. 그리고 노래 잘하는 사람 보면 목소리가 꾀꼬리 소리 같다구 허잖여. 그게 딱! 맞는 말이여. 새소리 중에서 가장 듣기 좋은 새는 꾀꼬리여. 옛날에 노래 잘하는 가수 중에 '신 카나리아' 라구 있었어. 카나리아라는 새가 노래를 잘한다구 해서 이름을 '신 카나리아'라고 했다는디, 나는 카나리아 소리는 못 들어봤는디, 새 중에는 꾀꼬리가 아무튼 색깔도 노랗게 이쁘고 새소리도 젤 이쁜 것 같드라구.

천당

죽는다고 생각하면 무섭지 왜 무섭지 않겠어, 세상에서 젤 무서운 일이지. 그래두 안 죽을 수는 없는 겨. 몸에 좋다는 불로초를 다 먹었다는 진시황도 오십을 못 넘겼다는 겨. 그래두 세상을 뜨면 좋은 것도 있지. 죽으면 천당에 가서 보고 싶은 사람을 다 만날 수 있을 테니께 그건 좋잖여.

언제나 젤 보구 싶은 사람이 있어. 우리 엄마 김마리아도 보구 싶구, 나를 그렇게 이뻐했던 아부지 윤상기, 그리구 평생을 한눈 한번 팔지 않구 자상하게 같이 살아준 남편 김응규, 그리구 내 가슴에 대못을 박구 세상을 먼저 뜬 큰아들 김진성이 늘 보구 싶었는디, 천당에 가면 거기 다 있을 테니께 가서 반갑게 만나야지.

김마리아 우리 엄마는 구십구 세까지 성경책을 손에서 안 놨으니께 당연히 천당에 가 계실거구, 우리 아부지는 엄마가 기도를 평생 했으니께 엄마 기도 힘으로 천당에 있을 테구, 남편 김응규 집사님도 주님 믿고 하늘나라 갔으니께 당연히 천국에 있을 테구 말여. 아부지가 병원에서 생사를 오락가락 허실 때 자꾸 눈에 무지개 같은 뭐가 보인다구 그러시더라구. 그 때 그런 생각이 들더라구. 세상 뜰 시간이 얼마 남지 않았을 때 주님이 천국을 잠깐씩 보여주시나 보다, 갑자기 천국으로 가면 낯설거 아녀. 그러니께 잠깐잠깐 천국을 보여주시나 보다, 그런 생각이 들더라구. 천국에 가면 다 같이 모여서 또 살으야지. 내가 이제 나이를 먹구 힘들어서 교회를 못 가지만 머리맡에 항상 성경책을 놓구 자기 전에 한 줄이라도 보구 기도를 허는 겨.

우리 막내두 천국으로 오라구 기도를 허지. 막내가 교회를 안 나가서 내가 대신 기도 허는 겨. 엄마를 부여 장로교회에 태워다 주구 교회 안까지 부축해서 자리에 앉히구 도루 나갔잖여. 그럼 교인들이 막내보고 "엄니 모시구 온 김에 같이 예배드리구 가유" 그러믄 막내가 웃으면서 그랬잖여. "예배는 안 드려두 주일마다 엄니 모시고 교회에 오니께 제가 천당까지는 못 가두 오백당은 갈 거여유" 그러구 웃고 그랬잖여. 다 같이 천당 가야지 오백당 가믄 되간디.

애창곡

노래를 썩 잘하지는 못해도 노래허는 자리가 있으믄 빼지는 않았는디, 할 줄 아는 노래가 몇 개 없어. 그나마 지금은 기억도 잘 안 나네. 아부지 환갑 때 아부지 친구분들 모시구 집에서 음식 대접했을 때 친구분들이 약주를 한잔씩들 하시구 얼큰허니께 자꾸 한자리허라구 허잖여. 그러니 어쩔겨, 아부지 환갑이라구 오셨는디 손님을 대접허는 입장으로라두 노래를 한 곡 허긴 허야것는디 무슨 노래를 할까 생각하다가 끝까지 헐 줄 아는 노래가 '가고파'니께 가고파를 불렀지. 지금까지 안 잊어먹었나 불러질라나 모르것네.

"내 고향 남쪽 바다 그 파란 물 눈에 보이네
꿈엔들 잊으리오 그 잔잔한 고향 바다
지금도 그 물새들 날으리, 가고파라 가고파
어릴 제 같이 놀던 그 동무들 그리워라."

그 담은 생각이 안 나네. 아무튼 이 노래를 불렀는디 아부지 친구 분들이 박수를 치구 잘 한다구 그러셨잖여. 지금은 숨이 차구 숨이 딸려서 그때만큼 부를 수가 없구 틀니를 껴서 노래 가사가 이빨 사이로 새버리구 그려. 그때 아부지 친구 분들이 매실주를 한 양동이는 마셨나 벼. 아부지가 해마다 매실을 따서 매실주를 담구셨는디, 아프실 때 담궈 놓은 매실주를 끝끝내 못 드시구 돌아가셨잖여. 제사상에나 올려 드리야지. 그리구 십팔 번이 또 한 곡이 있는디, '어부의 노래'여.

"푸른 물결 춤추고 갈매기 떼 넘나들던 곳
내 고향 집 오막살이가 황혼빛에 물들어 간다.
어머니는 된장국 끓여 밥상 위에 올려놓고
고기 잡는 아부지를 밤새워 기다리신다.
그리워라 그리워라 푸른 물결 춤추는 그곳
아~~저 멀리서 어머님이 나를 부른다."

이 노래도 소풍 가서도 부르고 모임 가서도 부르고 많이 불렀든 노래여. 근디 노래를 허구 나니께 두 곡 다 바닷가 노래네. 내가 다시 태어나면 바닷가에서 살아보구 싶다구 했잖여. 내가 바닷가를 참 좋아허니께 노래도 바다 노래를 좋아하게 된 것 같어. 바다 노래를 부르고 있으면 바닷가에 온 것처럼 기분이 참 좋아지더라구. 이게 내 십팔 번 노래여.

여행

살면서 좋았던 게 뭐냐면 아부지랑 같이 교사 생활을 했으니께, 방학이 있었을 거 아녀. 애들 다 키워놓구 먹구 살 만 허니께 방학 때 여행을 갈 수 있어서 좋드라구. 아부지 살아계시구 건강허실 때 여행을 많이 다녔어. 우리나라도 구석구석 많이 다녔구 아부지랑 나랑 왜정 교육을 받은 사람들이니께 일본말을 할 줄 알잖여, 그래서 일본도 자주 갔었어 온천하러. 북해도도 가보구 요코하마도 가보구 오키나와도 가봤어. 오키나와를 갔더니 거기 사람들이 돼지고기를 구워 먹지 않구 삶아서 먹더라구. 그래서 오래오래 장수하는 사람들이 많다구 허드라구. 아부지한티 돼지고기 삶어서 새우젓이랑 자주 해드렸는디 나보다 먼저 일찍 가버리셨네.

아부지랑 같이 가장 멀리 가본 디가 하와이여. 비행기 타고 멀리 가느냐구 고생도 참 많이 했는디, 고생한 보람이 있더라구. 천국이 어떻게 생겼을까 그런 생각을 가끔 해봤는디, 하와이를 가보니까 천국이 꼭 하와이처럼 생겼을 것 같더라구. 바다도 그렇게 맑고 푸른 바다는 생전 첨 봤구, 어딜 가든가 꽃향기가 나더라구. 무슨 꽃인지도 모르겠는디, 아무튼 어디를 가나 꽃냄새가 나고 사람들이 길거리든 어디든 다들 웃고 다니더라구. 모두 행복하게 웃고 다니고 눈만 마주치면 누구나 할 거 없이 모르는 사람인디도 헬로우, 탱큐 그러드라구. 하와이에 있는 동안에 인상 쓰고 화내는 사람을 한 명도 못 봤다니께. 그렇게 하와이가 천국 같드라구.

지금은 허리도 아프고 무릎도 아프니께 안방에서 건넌방 가는 것도 백두산에서 한라산 가는 것만큼 힘드니께 여행도 건강할 때 다니야 혀. 노래도 있잖여, "노세 노세 젊어서 노세 늙어지믄 못 노나니~" 그런 노래도 있잖여. 눈이 보배라는 말도 있지만 내가 귀가 어두워도 아직까지는 성경책도 보구 눈이 맑으니께 좋드라구.

그리구 테레비를 보니께 참 좋아. 오늘도 밥 먹으면서 〈세계 테마 여행〉 봤잖여. 핀란드 오로라도 보구, 얼음 언 호수에 구멍을 뚫고 큰 물고기도 잡아서 요리도 하고, 가만히 앉아서 여행하니께 참 좋더라구. 네팔에 있는 히말라야도 테레비로 봤는디, 거기 올라갈 때 짐꾼들이 있어. 짐꾼들이 삐짝 마른 당나귀처럼 생겼는디, 지 몸보다 세 배는 큰 짐을 지고 히말라야산맥을 올라가는디 참 안쓰럽더라구. 그게 다 먹고 살라고 허는 거잖여.

세상 어디를 가나 불쌍한 사람들도 참 많은디, 나는 가만히 앉아서 아들이 해주는 따스운 밥 먹으면서 테레비로 맨날 여행허니께 얼마나 행복한지 모르것어.

소풍

요즘 학교도 그렇게 하는지 모르겠지만, 옛날에 엄마가 교사로 있을 때는 봄에는 소풍을 갔고 가을이면 가을 운동회를 했었어. 소풍은 주로 학교 근처에 있는 산으로 갔었지. 임천 국민학교 때는 사랑 나무 있는 성흥산으로 갔었구 부여로 와서는 부소산으로 갔었지. 고란사도 가고 사자루도 가고 그때는 김밥이랑 사이다 주로 싸 왔는디 김밥을 못 싸 오는 학생들도 많았어. 양은 도시락에 장아찌랑 김치랑 먹던 대로 싸 오는 학생들도 많았어. 모두 가난했던 시절이니께.

봄 소풍 때는 보물찾기 하고 놀았지. 학생들 도시락 먹을 때 선생들이 몰래 다니면서 보물이라고 쓴 쪽지를 여기저기 숨겨놨거든. 보물이라구 해봐야 대단한 건 아니구 연필 몇 자루, 공책 몇 권이 다 였는디 그래도 학생들이 보물찾기 시간을 젤 좋아했었어. 학생들이 보물찾기 할 동안에 교사들도 모여 앉아서 도시락을 먹고 사이다도 마시고 그랬지. 그래도 밖에 나가니까 기분이 좋잖어. 남자 선생님들은 술도 한잔씩 하구 그랬지. 교장선생님도 선생님들 마음을 아니까 마시지 말라구 안 했어. 학생들 인솔해야 하니깐 조금씩만 마시라구 했지.

어느 해는 소풍날 비가 올 때도 있었는디 그럼 학생들이 울상이 되고 기분을 잡치는 거지. 그래도 비를 맞고 소풍을 갈 수 없으니까, 교실에서 장기 자랑도 하고 도시락도 먹고 그랬지. 그런 재미가 있던 시절이었어.

가을에 하는 운동회도 운동장에 만국기를 걸어 놓구 동네잔치처럼 학부모님들도 모셔다 놓구 학부모들끼리 모래 가마 들고 달리기도 하고, 학생이랑 학부모랑 이인삼각 이어달리기도 하고, 학교 운동회지만 동네 사람들도 전부 다 구경 오고 동네 장사꾼들도 운동장에 모여들고 떠들썩하게 했었지. 장사꾼이라고 해봐야 밤을 쪄서 팔거나 땅콩을 쪄서 팔고 솜사탕 기계를 자전거 뒤에 싣고 와서 솜사탕을 파는 정도였지. 그리고 오재미 던지기라고 있었어. 큰 박을 두 개 겹쳐 붙여서 박 주머니를 만들고 한쪽은 청색, 한쪽은 백색 박을 장대 끝에 걸어서 양쪽에서 잡고 있으면 오재미 주머니를 던져서 박을 먼저 터트리는 쪽이 이기는 놀이였는데, 오재미 주머니 안에 콩을 넣어서 주머니를 만들었어. 가을 운동회 때는 그거 보는 재미가 있더라구. 그게 우리 놀이는 아니구 왜정 때부터 했던 일본 놀이여. 그래서 어느 때부턴가 오재미 던지기는 안 하더라구.

교사 시절을 생각하면 풍금으로 음악 수업 하던 생각도 나고 시험 때가 되면 선생들이 직접 시험지를 만들었는데 그게 힘들었지. '가리방'이라고 우리말로 등사판인디 철필로 직접 손으로 써서 손으로 한 장씩 밀어서 시험지를 인쇄하던 시절이니께 시험 때면 교사들이 더 힘들었지.

소풍 생각도 나고 운동회 생각도 나고 보물찾기 생각도 나고 만국기 생각도 나고 그런 추억이 있으니 얼매나 좋아.

잔치

초상도 치러 보구 잔치도 치러봤지만, 살면서 가장 생각나는 잔치는 큰아들 장가보낼 때 같어. 왜냐믄 태어나서 내 손으로 치뤄본 첫 잔치라서 그런 것 같어. 딸들 시집 보내는 것도 잔치지만 뭐든지 첨 해본 게 기억에 오래 남지. 그때가 니가 국민학교 2학년 때여. 왜 생각이 나냐믄 그때 담임 선생님이 강뚱땡 선생님이라고 강영순 선생님이 니 담임이었는디, 선생님이 나한티 그러더라구, 막내아들이 학교에 올 때 맨날 무르팍이 헤져서 헝겊 대고 누빈 츄리닝만 입고 모자 쓰고 오는디 예식장 갈 때는 바지 좀 사 입히라고 하더라구.

그래서 새 바지도 사주고 아부지가 불러서 형 결혼식장 갈 때는 츄리닝 입지 말고 새 바지 입고 가라고 했더니, '예' 하고 대답을 잘 하더라구. 그런디 나중에 형 결혼식에서 찍은 가족사진을 보니까 일가친척들이 다 사진을 찍었는디 맨 앞줄에 막내가 무릎 떨어진 츄리닝 입고 모자 쓰고 앉아서 사진을 찍었더라구. 어릴 때부터 모자 쓰고 다니더니 여적까지도 모자를 쓰고 다니더라구. 무슨 모자 귀신이 붙었나 말여.

그리고 아부지 환갑잔치도 생각이 나는디, 그때는 아부지가 환갑잔치를 안 하신다구 했는디 아부지 친구 분들이 그런 게 어딨냐구 집으로 우르르 몰려왔잖여. 그래서 얼떨결에 환갑을 치르고 부여 사진관 아저씨 불러다가 마당에 병풍 펴 놓구 사진도 찍구 그랬지.

그리고 아부지 칠순 잔치 때는 가족들이 다 모여서 제주도 여행을 갔잖여. 그때 손자 손녀들까지 해서 식구가 스무 명은 됐을 겨. 제주도를 비행기를 타고 가야는디 덜컥 겁이 나더라구. 우리 식구들이 전부 다 비행기를 타고 가다가 사고라도 나면 집안에 씨가 말라 버리는 거 아니냔 말여. 그래서 몇 날 며칠 걱정이 되더라구. 그러구 있다가 내가 생각을 해낸 게 비행기를 전부 다 한꺼번에 탈 게 아니라 식구들이 반반씩 나눠 타야겠다는 생각이 들더라구. 만에 하나 사고가 나더라도 식구가 절반은 살으야 또 씨를 퍼트릴 거 아니냐구. 그래서 먼저 출발한 식구들이 제주도 공항에서 기다리고 나중에 도착한 식구들이랑 만나서 같이 제주도 여행을 했었지. 돌아올 때도 그렇게 나눠서 반반씩 비행기를 탔잖여. 그게 벌써 삼십여 년은 되었나 보네. 세월은 참 빨러. 비행기보다도 더 빠른 게 세월인 겨.

부소산

앞에 금강이 흐르는 것도 참 좋지만 말이여, 뒤로는 병풍처럼 부소산이 있잖여. 산이 너무 높지 않어서 오르내리기도 참 좋구, 산이 깊지 않으니께 사나운 산짐승이 없어서 험한 일이 없어서 좋아. 청솔모나 꿩이나 고라니는 많이 있는디, 멧돼지라든가 그런 건 못 보구 살었으니께 말여.

아부지가 젊었을 때 집에 사진기가 있었는디, 식구들이 돗자리 들구 솥단지 들구 산에 가서 다 같이 밥도 해먹구 사진도 찍구 그렸어. 지금은 안 되지만 그때는 산에서 불도 피구 밥도 해 먹구 그럴 때니께. 그런 추억이 있는 산이 부소산이여.

아부지가 사진기가 있어서 그때 찍은 사진들은 많이 있는디, 형이 수학여행 간다구 들구 가서는 아산만 방조제에다 빠쳐 먹는 바람에 그 뒤로는 부소산 가서 찍은 사진이 없어.

교사 생활하면서도 학생들 인솔해서 해마다 봄 소풍, 가을 소풍을 부소산으로 다녔으니께 참 많이도 다녔어. 소풍 가면 보물찾기를 허잖여. 세월이 흘러보니께 다른 게 보물이 아니라 부소산이 보물이더라구. 부소산이 있어서 항상 동네 공기가 맑고 봄에는 산 벚꽃, 여름에는 아카시아, 가을에는 은행 단풍, 겨울에는 산에 눈꽃이 피잖여. 삼천궁녀가 꽃처럼 떨어진 낙화암도 있고 고란사 절도 있고 그게 다 역사구, 백제 문화여.

전쟁에서 졌다구 다 진 게 아녀. 그 당시에 당나라 군대가 십삼만 명에다 신라가 오만 명이었다는 겨. 그 많은 군대를 계백 장군이 오천 명으로 어떻게 이기것어! 싸우러 나간 게 신통한 거지. 이길 재간이 없는 겨. 아무튼 간에 이기든 지든 산천은 그대로인 겨.

금강도 바로 곁이구 부소산도 바로 위에 있어서 강이랑 산이랑 가차이에 살구 있어서 참 좋아.

금강

지금도 강가에서 살지만, 나는 평생을 강가에서 살었잖여. 그래서 그런지 지금도 강가에 나가서 강물이 흘러가는 거 보구 있으믄 맘이 편안하고 좋더라구. 어릴 때는 양화면 입포리에 살았는디 거기에 옛날에 나루터가 있었어. 갓개포구라구 했는디 거기로 바닷 배들이 다 들어와서 오십 년 전만 해도 포구가 시끌시끌 활기가 넘쳤던 동네여. 그 좁은 촌마을에 선원들이 들락거리니께 객주집도 많구 여관도 있구 그랬으니께. 옛날에 백제시대에 당나라로 잡혀간 사람들도 거기 나루터로 해서 잡혀 갔다니께, 옛날에는 큰 포구였었지.

봄에 잡아서 임금님한테 진상했다는 물고기 '우여'가 입포에서 많이 잡혔었잖여. 백마강에서 물안개가 올라오믄 그 안개가 우리 집 마당까지 왔었으니께. 강이랑 참 가차이 살었지. 젊었을 때 부여 읍내로 이사 오면서는 백마강 변에서 살었는디 사람들이 금강허구 백마강허구 다른 강인 줄 아는 사람도 있는디, 그게 아니라 신라랑 당나라가 백제로 쳐들어왔을 때 생긴 이름이잖여. 내내 금강인디 읍내 쪽 강을 백마강이라구 혔지. 그때는 백마강 강물이 참 좋았어. 모래사장 백사장도 좋아서 여름이면 전국에서 피서를 올 정도 였으니께 말여. 사람들이 몰려오니께 밤에는 피서객들 술판도 벌어지구 여기저기서 야바위꾼들도 모여들어서 부여 전체가 시끌시끌했었지.

물이 맑어서 수영도 많이 하고 물고기도 많어서 낚시로 붕어며 빠가사리며 잉어도 잡고 그랬지만 재첩 조개가 그렇게 많이 나왔어. 섬진강에서 재첩이 많이 나온다는디, 옛날에는 금강에서도 엄청나게 많이 나왔었지. 강에서 잡은 것을 소금간만 해도 맑고 깊은 맛이 났었어. “엄마야 누나야 강변 살자~” 이런 동요도 있잖여. 고기도 잡고 조개도 잡고 강가에 사니께 강물을 보는 낙도 있고 뱃놀이도 하구 참 좋았든 것 같어. 물좋구 산 좋구 오죽 좋으믄 백제 도읍이었것어.

참 좋은 고장에서 평생을 살었던 건 맞는 것 같어.

아들
생각

백마강

어렸을 때부터 강변에 살았어요. 유년 시절엔 백마강에 여름이 되면 피서객들이 도처에서 모여들고 깜장 색 타이어 튜브를 타고 넘실넘실 물놀이도 하고 밤이 되면 목 전주에서 전기선을 끌어서 전등을 밝히고 야바위꾼들이 모여들고 술판이 벌어지기도 했었지요.

불나방이며 풍뎅이들이 부산하게 날아들고 한여름 밤에 쏟아지던 별똥별과 찰랑대던 강물 소리가 유년의 여름방학 기억입니다. 그때는 강물도 푸르고 어머니도 젊었던 시절인데요.

낚시

아부지가 젊어서는 낚시를 많이 다니셨는디 네 형이 크니까 형도 낚시를 좋아해서 자주 다니더라구. 그러더니 막내도 형을 따라다니더니 막내도 낚시를 많이 다녔잖여. 그때는 백마강물이 참 깊고 맑아서 물고기들도 많이 잡혔잖여. 붕어도 잡아 오구 잉어도 잡어 오구 빠가사리도 잡아 오구, 그럼 그걸 고추장 풀어서 파랑 무를 썰어 넣구 매운탕을 끓여내믄 대식구가 배부르게 먹구 그랬는디, 이제는 낚시 하는 사람도 없지만 고기들이 백마강 물 위로 뛰어노는 거 본 지가 한참 된 것 같어. 고기가 씨가 마른 건지 대청댐 만들어서 물이 마른 건지 백마강에서 낚시 하는 사람들 본 지가 참 오래된 것 같어.

백마강 물이 마르고 고기가 씨가 마르니께 사람도 씨가 마르는 것 같어. 부여가 인구가 십만이 넘을 때가 있었는디 지금은 오만도 안 된다구 허드라구. 그것두 외국 사람들이 들어와서 수박도 따고 메론도 따주구 허니께 그 정도라는 겨. 시골 사람들은 도시로 가구 외국 사람들은 시골로 오구 그러는 것 같어.

물고기가 떠나서 사람도 떠났는가, 아무튼 백마강에서 낚시 허는 사람들이 줄고 나서는 사람도 줄었단 말여. 옛날에 부여 인구 많을 때는 장날에 장 구경만 나가도 참 홍청망청 볼만 했었잖여. 장날에 국수만 말어 팔어두 돈 번다구 헐 때잖여. 원숭이 약장수도 많이 오구 튀밥 튀기는 소리가 여기저기서 뻥뻥 소리가 나구 볼만 했잖여. 그때가 다 낚시허는 사람들이 많었을 때란 말여. 어디 가나 물이 깊고 맑으야 고기도 많이 살고 사람도 많이 살고 그러는 것 같어.

4부

빨랫줄에 머무는
마른 바람 같은

구아리 41번지

구아리 41번지에 살 때 우리 집에 없는 나무 없이 다 있었어. 큰 감나무에서 감이 가지가 찢어지게 많이 열렸었고 나무가 크고 감도 맛있고 참 좋았지. 앵두나무며 보리수나무 고염나무도 있었고, 꽃도 봄에는 노란 수선화도 피고 빨간 산당화도 피고, 여름이면 함박꽃도 피고 수국도 피고 능소화가 덩굴져서 참 좋았는디, 이상한 게 능소화는 하필이면 큰비가 오기 전에 피더라구. 활짝 피었다가 그 비를 맞고 떨어져서 섭섭했었지. 그래서 마당에 능소화가 활짝 피면 또 장마가 오려나 보다 그랬었어. 그 집이 함석지붕 집이라서 비가 오면 지붕에 비 떨어지는 소리도 참 듣기 좋았잖여. 그리고 비가 아무리 큰비가 와도 마당에 물이 안 차더라구. 물이 잘 빠져서 살면서 물난리 한번 당한 적이 없었어.

울타리도 탱자나무 울타리라서 탱자가 노랗게 익으면 호박잎으로 쓱쓱 닦으면 반들반들 윤이 났었지. 그걸 소쿠리에 담아서 방 안에 두면 탱자 향기도 참 좋았지.

마당에 깊은 우물이 있었어. 그 우물이 물맛도 좋구 시원했지. 냉장고가 없던 시절이니께, 여름이면 두레박에 수박도 달아서 우물에 넣어놓고 물김치도 우물에 담궈 놨다가 먹으면 쉬지도 않고 시원하게 먹었었지. 그 우물물로 밥을 지어 먹으면 밥에 윤기가 흐르고 밥맛도 좋고 물을 길어서 등목을 하면 땀띠도 안 날 정도로 시원했어.

나중에 문화재 담당하는 공무원들이 찾아와서 우리 동네를 다니면서 조사를 하고 문화재 발굴한다고 우리 집이랑 동네 집들이 철거가 되었는디, 우리 동네 터가 왕궁이 있었던 자리라는 겨. 그러니까 터가 얼마나 좋았겠어. 그러니 큰비가 와도 물도 잘 빠지고 우물물 맛도 좋고 그리고 어쩌다 장독이라도 묻으려고 땅을 파보면 땅속에서 기와 쪼가리나 접시 깨진 것 같은 게 자주 나왔었거든. 그게 백제 시대 유물들이었는디 그때는 잘 몰랐었지. 지금은 유네스코 세계유산인가 그걸로 지정이 돼서 옛날 왕궁터 자리를 잘 보존하고 있잖여. 구아리 41번지에 살 때 할머니 할아부지 초상도 그 집에서 치렀고 아부지 환갑도 칠순도 그 집에서 다 해서 추억이 많은 집이 구아리 41번이여.

영정 사진

부여 차부 앞 장원 사진관에 영정 사진 찍으러 갈 때만 해도 지팽이 짚구 살살 걸을 정도로 무릎이 괜찮았는디, 이제는 연골이 다 닳어서 걷지를 못하것어. 그게 벌써 팔 년이나 됐나 보네. 막내가 서울에서 내려오던 해에 내가 찍으러 가자구 해서 찍어논 거잖여. 그때 왜 찍자구 했냐믄 예전에 아부지 살아계실 때 같이 찍어놨던 영정 사진이 있었잖여. 그게 아부지 칠순쯤에 둘이 같이 가서 찍어 논 건디 그 사진을 가만히 보구 있을라니께 사진 속 얼굴이 엄청나게 젊더라구. 내가 칠순 때만 혀도 얼굴이 새댁 같더라구. 너무 젊어 보여서 민망 시러서 내가 다시 찍자구 헌 거긴 혀.

그때 장원 사진관에 막내랑 같이 가서 사진을 찍는디, 남들 다 한복 입고 찍던디 양장 입고 웃으면서 찍자구 막내가 그랬잖여. 그래서 영정 사진 찍을 때 내가 '김치~' 하고 찍은 겨. 내가 죽으믄 남들이 영정 사진 보면서 저이는 뭐가 그렇게 좋다구 영정 사진을 웃으면서 찍었냐구 흉이나 안 볼라나 모르겄네. 그런디 그러길 잘했다 싶드라구. 내가 지금 죽어도 호상이라고 할 만큼 살 나이인디 찡그리구 찍는 것두 이상할 거 아녀. 한평생 잘 살았으니께 영정 사진도 환허게 웃으믄 좋지 뭘. 사진 찍을 때 사진사가 맘에 안 들믄 다시 찍으러 나오셔요, 그렸는디 영정 사진을 두 번 찍었으믄 됐지 뭘 또 찍겄어. 영정 사진은 내가 볼 사진이 아니라 남이 볼 사진이잖여. 장례식장에 온 사람들도 내가 웃으믄서 가야 맘이 좋지 않겄나, 그런 생각이 들더란 말여.

정

정이란 게 참 무서운 겨. 우리 동네 시장골목 앞에 사는 엄마 친구 있잖여 나보다 십 년이 젊은디, 친구 사이에 나이가 뭔 상관인 겨. 그 친구가 지금도 곱상허지만 젊어서는 참 인물이 좋았거든, 피부도 참 좋고 심성도 참 곱고 그랬는디, 그런 색시를 두고두 신랑이 바람이 나더라구. 시장 어디 국밥집이라더냐 포목점이라더냐 거기 어디 아낙네 하구 눈이 맞어서 집을 나갔다는 겨. 그러니 어쩐다냐, 먹고는 살으야지.

자식들 멕이고 입히고 사느냐고 고생 고생하면서 살어서 자식들 공부도 갈키고 시집 장가도 다 보내고 이제 혼자 사는 겨. 노인 혼자서 얼마나 적적하겄어. 그래서 내가 휠체어 타구 동의보감 왔다 갔다 할 때 꼭 그 집 앞으로 가자구 허잖여. 내가 큰 건 아니어두 적적허니께 입이라도 심심허지 말라구 튀밥이라도 한 봉다리 사다 주고 싶어서 그러는 겨. 그럼 그렇게 반가워 허잖여. 하루 종일 혼자서 우두커니 앉어서 테레비나 보지 누구랑 말 상대가 없잖여. 그래서 내가 그 생각해서 그 집 앞으로 잠깐이라도 들렸다 가자구 허잖여.

그래두 그 양반이 총기가 아직 살아 있어서 오늘이 5월15일 부여 장날인디 스승의 날이잖여, 나도 몰랐는디 아까 그니가 그러잖여, "선생님 오늘 스승의날 이유" 그러잖여. 아무튼 인물도 좋구 사람도 좋은 사람인디 신랑 복이 없었는디, 어느 날 그런 말 허드라구. 젊어서 그렇게 속을 썩이구 다른 여자 만나구 다니구 집안을 돌보지 않아서 혼자 애들 키우면서 사는 게 그렇게 힘이 들고 원망도 스럽구 그랬다는디, 신랑이 세상 뜬지 한참이 됐는디 이제는 신랑이 보구 싶다는 겨. 죽은 신랑이 살아 돌아오기를 허겄어 어쩌겄어, 그런디두 속을 썩인 신랑이 보구 싶다는 겨. 어찌 보믄 참 속도 없나 보다 그런 생각이 들기도 허지만 사람이 나이가 들믄 좋았던 시절 생각만 나는 겨. 그렇게 속을 썩였어도 보고 싶다는 게 그런 겨.

참 속절없기도 한 게 세월이구, 무서운 게 정이라는 거여. 정이란 게 그런 거여.

카카오톡

카카오톡이란 게 있잖여, 그게 십상 좋더라구. 편지를 쓰믄 일 주일은 되야 배달이 되는디 이건 쓰자마자 배달이 되잖어. 내가 이걸 일찍 배우면 더 좋았을텐디, 늦게 배웠지만 딸들하고 매일 하니까 좋아. 민화투가 치매에 좋다고 허는디 내가 화투를 못 허니까 이게 치매에 좋다구 막내가 가르쳐준 거 아녀. 이걸 구십이 넘어서 배웠는디 더 일찍 배웠으믄 지금쯤 머리가 더 총명해졌을 텐디 말여. 그래두 내가 카카오톡을 한다구 그러면 사람들이 놀래더라구. 우리 동네 고려약국 약사도 깜짝 놀래구, 미장원 원장님도 대단허다구 그러더라구.

내가 나이에 비해서 정신은 맑은 편이긴 헌 것 같어. 보건소 가서도 주민등록 번호를 외우믄 깜짝 놀래. 새마을 금고에 갔을 때도 거기 직원이 할머니 글자 서명할 수 있겠냐구 물어보면 내가 볼펜 주세유, 하고 윤희병이라고 이름을 쓰면 건강하시다구 대단하시다구 그러더라구. 카카오톡 배울 때도 한글 쓰듯이 그대로 치니까 글자가 되더란 말이여. 배울 때는 금방 배웠는디 깜빡깜빡 까먹기도 잘허지. 그리고 전화기가 작으니까 글자를 칠 때 자꾸 옆 칸 글자가 눌러질 때가 많어.

딸들이랑 다 같이 카카오톡을 하기도 하잖여. 큰딸이 건강에 좋은 음식도 써서 보내주고 누워서 하기 좋은 체조도 알려주고 수시로 그러니까 딸들이 곁에 있는 것 같아서 참 좋아. 아들이 서울 갈 때도 내가 카카오톡을 하면 아들 답장이 바로 오구 사진도 보내오는 게 신기하고 재미가 있잖여. 그런디 요즘은 앞이 깜깜할 때가 있어. 카카오톡을 어제까지 잘 보냈는디도 오늘 아침에 기억이 안 날 때가 있더라구. 그럼 내가 막내를 부르잖여. 막내가 와서 가르쳐주면 또 생각이 나거든.

뭐든 설명을 잘하는 건 우리 손자 태연이여. 태연이한테 전화번호를 전화기에다 다 적어서 넣어달라구 했더니, 순서대로 번호를 매겨서 다 넣어줬어. 태연이가 성격이 얼마나 차분하고 친절한지 몰러. 우리 집안 김녕 김씨 28대손 태연이가 건강하게 잘 자랐잖여. 세상은 참 좋은 세상이여. 전화기도 다이얼 전화기 나왔을 때만 해도 얼마나 신기했었는디 말여. 내가 핸드폰 전화번호가 2933인디 그 번호가 옛날에 우리 집에 다이얼 전화기 처음 놨을 때 전화번호였어. 그 번호를 그대로 쓰야 안 잊어먹을 것 같어서 그 번호를 지금도 쓰구 있는 거잖여. 이제는 줄도 없이 전화기를 들고 다니는 세상이잖여. 그리고 목소리 대신 글자 편지가 오가는 세상이니 말여. 카카오톡이란 게 참 신통하고 신기하지.

95세

꽃 피고 새 울 때는 금방 지나가는 겨. 꽃이 필 때는 잘 모르는 겨. 꽃이 떨어져야 그때 꽃이 참 이뻤구나! 하고 알잖여. 꽃이 핀다고 말허구 피기를 허나, 새가 운다구 말을 허기를 허나, 새가 울 때는 잘 모르는디 새소리가 안 들리믄 그때부터 적막허구 그 새소리가 참 이뻤구나! 그런 생각이 드는 겨. 그게 꾀꼬리가 됐든 참새가 됐든 어떤 새인가는 그르케 중요허지두 안혀. 그냥 새소리가 안 나믄 적막한 거여.

오뉴월에 새파란 열무 겉절이도 숨 한 번 죽으믄 금방 익어버리잖여. 열무김치 숨 한 번 죽는 것처럼 인생도 잠깐인 겨. 나는 시방도 마을 동무들이랑 밭에 나가서 쑥 캐던 봄 같구, 아카시아 따 먹던 여름 같구, 홍시가 열리던 가을 같구, 아랫목에다 식혜를 익히던 겨울 같구 그려. 우리 아부지 윤상기, 우리 엄마 김마리아 두 분이랑 유성온천 갈 때 두계에서 버스 내려서 유성까지 별을 보면서 걸어가던 생각이랑, 엄마랑 아부지랑 셋이 여관방에 누워서 잠잘 때 생각이 어젯밤에 자고 일어난 것처럼 생생하단 말여. 그런디 내가 구십오 세란 말여. 나이라는 게 너무 잠깐인 겨.

내가 육이오도 겪구 대동아 전쟁도 겪은 세월을 살었는디도 지나가믄 눈 감었다 뜬 세월인 겨. 실감이 잘 안 나는 겨. 세월이 흐르면 친구들도 한 사람 한 사람 세상을 뜨는디, 처음에는 그게 손톱 빠지듯이 아펐는디 나중에는 머리털 빠지듯이 자연스럽더라구.

세월을 어떻게 이기겄어! 순응하고 순리대로 살다 가는 거지. 그래도 실감은 잘 안 되드라구. 어쩌다 내가 구십오 세나 살았는가 앞으로 일 년을 더 살겠는가 백 살을 채우겠는가 하느님만 아시겄지만, 부르시는 날까지 그저 많이 아프지만 않었음 좋겄지만 안 아플수두 없잖여. 요새도 매일 매일 파스를 몸에다가 도배지처럼 붙이구 살어두 아프잖여. 살다 보믄 마음도 아프구 몸도 아프구 그런 겨. 그게 당연한 겨.

일장춘몽이라구 허잖여. 내가 살아보니께 인생은 딱! 일장춘몽인 겨. 모든 게 그냥 한숨 자믄 지나가는 겨. 일장춘몽인 겨. 인생은 말여.

금가락지

나는 크게 아픈 적이 없었는디 아부지가 죽을 고비를 몇 번 넘기구 돌아가셨어. 오십 살이 조금 넘었을 때 피를 토하구 쓰러진 적이 있는디 그때 다 죽는다고 했잖여. 처음에는 강경에 있는 호남병원으로 입원했는디 당췌 어디서 출혈이 있는 건지 잡덜 못 허드라구. 그때는 지금처럼 병원 장비가 좋지는 않을 때니께 어디서 도대체 피가 나오는지 알 수가 없잖여. 피를 그렇게 토허니 사람은 다 죽게 생겼구, 그래서 여기서는 안 되겄다 싶더라구. 죽어도 서울 가서 치료는 해보구 죽으야 여한이 없겄다 싶더라구.

그래서 서울에 있는 신촌 세브란스 병원으로 옮겨서 갔는디, 큰 병원은 큰 병원이더라구. 아부지 병이 기관지 출혈이라고 며칠 만에 잡어내더라구. 그걸 몰랐을 때는 막막허구 겁도 나구 그러는디 병명을 밝혀내니까 치료도 금세 허드라구. 그때 병원비가 많이 나오니께 어떤 의사가 그러더라구. 약값이 비싼 게 있으니께 약 이름을 적어주면서 종로5가에 가면 보령약국이라구 있는디, 거기 가서 주사약을 사 오믄 주사를 놔주겠다고 허드라구. 참 고마운 의사여. 시골에서 올라와서 몇 날 며칠을 발을 동동 구르고 다니니께 금전적으로라도 도와주고 싶었던가 벼. 그래서 그 주사를 맞고 아부지가 깨성을 하신 겨. 그렇게 피를 쏟았는디도 치료하니까 금세 회복을 허드라구. 그래서 회복을 하구 퇴원을 하고 온 겨. 퇴원할려구 보니까 아부지 친구분들이 문병을 많이 오셔가지구 간스매가 많이 남았더라구. 그때는 간스매도 귀할 때라서 다 싸가지구 내려온 겨. 그때 생각허믄 간스매는 의사 선생님들이랑 간호사 분들 자시라구 놓구 와도 될 텐디, 그때는 퇴원하는 게 좋아서 그 생각도 못 했었네.

그렇게 허구 집에 오니께 아부지가 죽다 살아났는디 엄마가 고맙다구 수고했다구 욕 많이 봤다구 허시면서 뭐 해주까? 그러시더라구. 그래서 금가락지 하나 해달라구 했더니만 다음 날 바로 해주더라구. 그때는 병원에서 살어서 집으로 돌아왔으니께 나도 참 기분이 좋았는디, 팔십 넘어서 병원에 갔을 때는 살아나올 팔자가 아니었나 벼. 우리나라에서 제일 좋다는 서울대학병원에 가서도 못 일어서구 세상을 떠났잖여.

나는 아부지가 중환자실에서 계시다가 고통스럽게 돌아가신 게 젤 가슴이 아프더라구. 이왕 돌아가실 거면 집에 계시다가 내 시중이나 받다가 돌아가셨으믄 나도 여한이 적을 텐디 말여.

아부지 돌아가시는 거 보니께 중환자실에서 죽으믄 안 되겠다는 생각이 더 들더라구. 집에서 잠자다가 세상 떠나야는디 그런 복이 있을지 모르것네.

아들 생각

1부터 10

십 년 전에 돌아가신 아부지가 중환자실과 일반 병실을 수시로 넘나들며 투병하실 때 회진을 도는 의사 선생님이 꼭 묻는 말이 고통의 십진법이었지요. 고통을 1부터 10으로 봤을 때 지금 고통이 몇 정도 되느냐는 질문에 아부지는 주로 7을 말씀하셨고 어느 땐 열 손가락을 다 펴 보이기도 하셨지요. 표현을 할 수 있는 손가락이 열 개라서 1부터 10으로 물어보게 된 게 아닌가 하는 생각을 했었고, 아부지가 열 개의 손가락을 다 편 날은 더 강도가 센 마약성 진통제를 맞고 잠이 드시곤 했지요.

마약성 진통제는 고통을 줄여주는 대신 섬망 증세를 나타나게 해요. 무지개다리가 보인다고 하시기도 하고, 수고 많았다는 말을 반복하기도 하지요. 그때부터 나는 가슴이 찢어지게 아픈 것이 육신의 아픔보다 더한다는 말을 믿지 않아요. 마음이 너무 아파서 팔다리가 잘리는 고통보다 더 크다는 말은 너무 진부하고 무책임하죠. 가슴에 대못이 박히는 상투적인 슬픔보다도 손가락을 바늘에 찔리는 아픔이 더 크고 구체적인 통증이잖아요. 육신의 아픔은 그렇게 구체적인 것이죠. 돌아가신 아부지가 어느 날 내게 와서 '진태야! 행복이 1부터 10까지 있다고 할 때 몇 정도냐'고 물어보면 내가 뭐라 대답할 수 있을까 그런 생각을 가끔 했어요. 아부지가 아픔에서 3을 뺀 7을 주로 대답하셨듯이 나는 행복에서 7을 뺀 3 정도라고 말씀드리지 않을까? 아부지가 다소 쓸쓸해하시며 돌아서시겠지요. 엄마 생신인 음력 3월엔 꼭 벚꽃이 피잖아요. 올봄엔 구십오 번째 벚꽃이 폈고, 몇 년 있으면 벚꽃이 백 번째 피어나겠지요.

아부지, 그곳 저승에도 봄이 오면 벚꽃이 피나요?

돈

돈 이란 게 절름발이 목발 같은 거여. 절름발이가 목발 없이 걸을 수 있간디. 세상길을 걸어가는디 돈이란 게 그만큼 소중한 겨. 없으믄 없는 대로 쓰고, 있으믄 있는 대로 쓰는 게 아니라 꼭 필요할 때 쓰는 게 돈이여. 우물가에 바가지 없으믄 물맛 볼 수 있간디, 바가지가 돈이여. 목이 말라서 죽을 수도 있는 겨. 그럴 때 물 한 바가지 먹으면 살 수 있는 거잖여. 그만큼 애타게, 소중하게 생각해야 된단 말이지.

내가 장사를 했음 돈 좀 만졌을 텐디 교사가 됐어. 아부지가 너는 선생이 되란 말을 어릴 때부터 귀에 못이 박히게 했었거든. 그때가 왜정 때니께 일본말로 그러셨어. “오 마에 와 센세이니 나레” 우리말로 “너는 선생이 되어라” 그거거든. 그 말씀을 거의 매일매일 하셨어. 어느 날은 이미 선생이 되었다고 생각하게끔 “오 마에 와 센세이다” “너는 선생이다” 그러셨거든. 이미 선생이 됐다는 각오로 꼭 선생이 되라고 그러셨어. 아부지는 장사를 하셔서 돈도 버시고 재미도 보셨을 텐디, 자식이 장사하는 건 싫으셨는지 항상 선생이 되라고 하셔서 나도 당연히 선생이 되어야 하는 줄로 알고 공부해서 선생이 되었는디, 막상 아부지는 내가 선생이 되는 걸 못 보시고 일찍 돌아가셨지.

내가 어렸을 때 아부지가 그런 말씀을 안 하셨으면 나도 자연스럽게 장사를 했을 테고 장사에 소질이 있어서 돈도 많이 벌었을 것 같다는 생각이 들어. 사람은 팔자대로 사는 거구 돈도 팔자만큼 붙는 거지만 말이여. 아무튼 내가 교사를 안 하고 장사를 했드라면 돈은 좀 만졌을 것 같어.

걱정

걱정 없는 사람이 어디 있겄어. 사람 얼굴에 눈 코 입이 있듯이 걱정도 사람 몸에 당연히 붙어있는 겨. 얼굴에 눈하구 입만 있구 코가 없다구 생각혀 바, 얼마나 이상혀. 걱정도 없으믄 이상한 겨. 살아 있으니께 걱정도 살아 있는 겨. 걱정은 죽으야 끝나는 겨. 무슨 걱정이 있든 간에 이건 당연한 거다, 이렇게 생각허야지, 나는 왜 이렇게 걱정이 많을까나 그렇게 생각하믄 안 되는 겨. 걱정도 팔자라구 허잖여. 걱정이 많고 적구의 문제는 그 사람이 생각허기 나름이니께 팔자라구 허는 겨.

돈이 그렇게 많었든 정주영이나 이병철이는 걱정이 없었것나, 김영삼이나 노태우나 전두환이나 권세가 그렇게 높은 대통령들은 걱정이 없었겠는가, 놀부가 오장육부에 심술보가 하나 더 붙어 있었다구 허잖여. 사람은 누구나 걱정보가 붙어 있는 거여. 나이를 많이 먹으믄 이빨도 빠지구 머리도 빠지구 그러잖여. 그런디 이 걱정보는 나이를 먹는다구 빠지는 것도 아녀. 낼모레 세상을 뜬다구 해도 하나도 아쉴 것도 없는 나도 걱정은 있는 겨. 우리 자손들 잘살어야 하는디 어디 아프믄 안 되는디 맨날 눈만 뜨면 그런게 걱정인 겨. 하다못해 마당에 돌아댕기는 우리 강아지도 어디서 진딧물이 붙어 왔는가 하루 종일 긁고 다니는디, 짐승이라 말도 못 허구 저게 얼마나 가려울까나 강아지도 걱정이구, 이 나라가 이러다가 전쟁이라도 나면 어쩌나 북한이 핵폭탄을 쏘면 어쩌나 별게 다 걱정인 겨.

그러니께 걱정은 그냥 동쪽에서 부는 바람이라고 생각허믄 되는 겨. 동쪽으로 불어와서 서쪽으로 날아가는 겨. 걱정이라는 게 어디서 꿔올 수도 없구 어디다 꿔줄 수도 없는 겨. 그러니께 무슨 걱정이 있걸랑 이러다 또 지나가겄지 허믄 영락없이 지나가는 겨. 그런 줄만 알구 살믄 되는 겨.

칼갈이

아부지가 참 자상한 냥반이였잖여. 아부지 살아 계실 때는 부엌에 있는 칼들이 날이 시퍼렇게 살아 있었어. 아부지가 노상 칼을 갈아 주셨잖여. 칼이 잘 안 든다는 말을 내가 먼저 해본 적이 없어. 말이 나오기도 전에 아부지가 집에 있는 식칼이며 과도며 하다못해 집에 있는 가위까지 몽땅 가져다가 숫돌에 갈아 주셨잖여. 그 숫돌이 아직도 그대로 있는디, 그 딴딴한 숫돌이 가운데가 움푹 파일 정도로 그렇게 열심히 칼을 갈아주셨잖여.

아부지가 수염이 많아 가지구 면도날로 면도를 했는디, 전기면도기가 나왔을 때도 아부지는 숫돌에 면도날을 갈아서 면도를 허셨잖여. 지금이야 다 늙어서 내가 부엌에 들어갈 힘도 없고 도마에다 두부 한 모 올려 놓구 썰 기운도 없지만서도 예전에는 대가족이 모여 살었으니께 칼 쓸 일이 오죽 많었겄어. 나이를 먹으니께 식칼 잡을 일도 없고 숫돌에 칼 갈을 일도 없고 그렇게 되더라구. 그래도 집안에 도마가 반들반들허고 부뚜막이 윤이 나고 칼날도 잘 들고 그럴 때가 활기가 돌았던 것 같어.

그때가 재미가 있었어. 아부지가 숫돌에 칼 갈아주던 시절 말이여. 지금도 숫돌을 보고 있으믄 자상했던 아부지 생각이 나더라구. 참 다정스런 냥반이었어.

봉진이

봉진이가 내 아래 남동생인디 집에서 부르는 이름이 봉진이구 호적에는 윤유병이여. 봉진이가 어려서부터 참 착했어. 누이 누이 하면서 잘 따르고, 심부름시키면 거절하는 법도 없구, 아무튼 동네에서 순하고 착허다구 칭찬이 자자 했어. 그리구 얼굴이 뽀얗고 잘생겼잖여. 옛날에는 얼굴이 뽀얀 애들이 없구 모두가 얼굴이 까맣구 코 흘리고 다니구 그랬는디, 봉진이는 항상 깔끔하구 그랬어. 이쁘고 착허니께 내가 봄나물 뜯으러 갈 때도 데리구 다니구 그랬지. 행실이 착허구 동네에서 사람이 영락없다고 평판이 좋으니께 장가도 부잣집 딸을 얻어서 잘갔지.

장가가고부터 봉진이가 옷 장사를 혔는디, 사람이 서글서글 허구 친절허구 정직허니께 장사도 잘 됐잖여. 그리고 교회를 어려서부터 잘 다녀서 교인들이 물건을 많이 팔아줘서 돈도 많이 벌었잖여. 늙어서는 봉진이 색시가 치매에 걸려서 요양원에 보내야 하는디도 봉진이가 혼자 데리구 살어. 봉진이도 허리 수술허구 심장에도 박동기인가 뭘 넣어 놨다구 허구 온전치 못한 몸인디도, 요양원 안 보내구 수발을 들면서 데리구 살잖여.

내 동생이라구 허는 말이 아니라 지몸 하나도 건사하기가 힘든 처지인디 그러는 거 보믄 세상에 그렇게 봉진이처럼 착한 사람이 없는 겨.

아들
생각

봉진이 외삼촌

백내장으로 한쪽 시력을 잃은 봉진이 외삼촌은 심장 박동기까지 달고 살 정도로 건강이 안 좋으시다. 혼자 몸도 거동이 힘드신데 중증 치매 환자인 외숙모를 돌보며 사신다. 요양병원에 계신 외숙모를 올봄에 모셔 와서 같이 지내신다. “외삼촌 몸도 힘드신데 외숙모는 왜 모시고 오셨어요?” “불쌍하잖여” 그게 이유다. 불쌍해도 모른 척 그냥 사는 경우가 허다한데 불쌍해서 함께 산다, 그게 이유의 전부다.

사랑보다 더 깊은 게 측은지심이 맞는 것 같다. 평생 일기를 쓰는 게 외삼촌의 유일한 취미라서 일기장과 추어탕을 사다 드리고 돌아서는데 노모 가져다주라고 기저귀 한 상자를 내어주신다. 기저귀가 제일 필요하단 걸 아는 사람은 누군가를 돌봐 본 사람이다. 외삼촌이면 외삼촌이지 나는 왜 어릴 때부터 ‘봉진이 외삼촌’이라고 함자까지 붙여 불렀는지 모르겠다.

내가 어릴 때는 신성일 못잖은 미남이라고 촌 동네에 소문도 자자하고 그랬다. 사람 좋은 웃음이 항상 떠나지 않았는데 아직도 웃고 계시네, 봉진이 외삼촌. 부잣집에서 시집왔다는 외숙모는 시집은 참 잘 오신 것 같네요.

치매

외숙모가 치매가 있어서 봉진이가 고생이 이만저만 헌 게 아녀. 외숙모를 얼마 전에 요양원에 보냈었는디 주말에 면회가 된다구 해서 봉진이가 요양원에 갔었는디 돌아설 때 발이 안 떨어지드란 거여. 봉진이가 착허구 부부 금실도 좋았는디 치매가 와서 생이별해야 허니 맘이 어떻겄어. 그래서 그날로 다시 외숙모를 집으로 데려온 겨. 불쌍해서 혼자 두고 못 오겠다구 그러드라구.

외숙모도 원래 부잣집에서 자라서 시집온 겨. 종기에 붙이는 고약 있잖여, 외숙모 아부지가 고약을 만들어서 팔았는디 약효가 좋다구 소문이 나서 큰돈을 벌었거든. 부잣집에서 고생도 모르고 살다가 봉진이한티 시집와서 사랑도 받고 잘 살았는디, 말년에 치매에 걸려서 참 애통헌 일이여. 치매에 좋다구 민화투도 치고 그랬는디 그런 게 별 효과가 없는가 벼. 손을 자주 쓰는 게 좋다구 허든디, 나는 민화투도 안 하구 고스톱도 안 하니까 핸드폰으로 딸들한티 카카오톡하고 문자하고 그런 거를 해. 그럼, 시간도 잘 가구 치매예방에도 좋을 것 같구 그려. 근디 애들이 바쁘니께 답장을 잘 안 혀. 그래도 나는 재미

삼아 허는디, 어떨 때는 문자하는 방법이 깜깜하게 생각이 안 날 때가 있드라구. 그럼 덜컥 겁이 나고 치매가 왔는가 그런 생각이 들 때가 있어. 그럼 언능 머리를 손으로 주무르고 마사지를 허지. 그럼 머리가 시원하구 또 생각이 나더라구.

세상에 무서운 게 암이라구 허는디, 나는 암보다도 치매가 더 무서운 것 같어. 암은 혼자 아프지만 치매에 걸리믄 온 식구가 다 아픈 거나 매한가지여. 식구들이 너무나 고생하잖여. 외숙모만 봐도 그려, 본인은 치매에 걸려서 고통스러운 걸 아는지 모르는지 알 수 없지만 치매 수발 든다구 똥 치우고 오줌 치우고 기저귀 갈아주고 허는 우리 봉진이 고생하는 거 보믄 안쓰러 죽겄어.

아들
생각

외숙모

치매에 걸린 외숙모는 새벽 4시에 방에다 요강을 쏟아 부어서 사방팔방 난리가 났고 여든을 한참 넘긴 외삼촌은 잠이 홀딱 깬 새벽에 외숙모를 달래가며 샤워시키고 잠을 자기도 애매하고 일어나기도 애매한 새벽녘에 외숙모를 앉혀놓고 매니큐어를 발라주셨다는데, 손톱 하나하나 매니큐어를 바르시며 어떤 생각을 하셨을까?

봄꽃이 펄펄 내리던 신혼의 첫날밤 수줍던 새댁을 회상하셨을지, 첫 아이를 낳던 날 초승달 같던 외숙모의 눈썹을 생각하셨을지, 팔십 평생에 육십여 년을 함께한 부부가 새벽에 깨어 매니큐어를 바르며 어떤 시절로 다시 돌아갔다 왔을지.

선거

여적까지 살면서 선거를 안 한 적이 한 번도 없었어. 이제는 나이를 먹어서, 몸이 션찮어서, 투표하러 혼자는 못 가니께 휠체어로 막내가 태워다주잖여. 저번에 대통령 선거도 했구, 군수선거도 했구 다 했지.

이제사 말허지만, 대통령은 내가 윤석열 대통령 찍었어. 솔직히 말하자믄 나랑 같은 파평 윤씨라서 잘 허라구 찍은건디, 잘 허구 있나 못 허구 있나 그건 아직 모르것어. 그런디 아무튼 그 부인하고 미국도 가구 일본도 가구 그러던디 뉴스 보니께 내외간이 욕은 좀 먹구 다니는 것 같으대. 허지만 앞으로 몇 년 남었으니께 잘허길 기대허야지. 이제 와서 물릴 수도 없구 어쩌것어. 어쨌든 우리나라 대통령이잖여.

자유당 때 이승만 대통령하고 서양 부인 있잖여, 이름은 까먹었는디 암튼 그분들도 내외간에 부여에 온 적이 있었어. 옛날 일인디 부여 와서 낙화암도 보구, 배도 타구, 고란사두 가고 그랬었지. 그때는 선거판이 좀 험했었어. 고무신 선거라고 해서 면장이 집집마다 알게 모르게 고무신두 돌리고 돈이 왔다

갔다 허기도 하구 그랬었어. 선거 때가 되면 동네 개도 돈을 물고 다닌다는 말이 자유당 때 나온 말이여. 예전 일이니께 말허지만, 아부지가 어느 날 약주 한 잔을 자시구 골프채 가방을 들고 오셨더라구. 우리 시골에 골프치는 사람도 없었구 골프장이라고 생긴 것도 없었잖여. 그러니께 나도 그렇구 아부지도 그렇구 골프채를 생전 처음 본 겨. 그러니 그걸 어따 쓰것어, 그때가 선거철이었으니께 누구한티 무슨 부탁을 받었는가 모르것어. 이제사 다들 돌아가셨으니께 허는 말인 겨. 그러니 골프채를 남들 보게 둘 수도 없구, 눈치가 보이니께, 창고 구석에 몇 해를 묵혀 놨었단 말여. 그러다가 멀쩡한 골프채를 쓸데는 없구 어느 날 보니께 아부지가 그걸루 이불을 털구 있드리구. 빨랫줄에 널어논 이불 말여. 이불 털기는 딱 좋게 생겼었나벼. 그렇게라도 쓰야지 그걸 어따 쓸 겨. 도리깨 대신 콩도 털구 깨도 털고 그렇게라도 쓰는 거지.

세월이 그렇게 흘렀는디 지금도 찾아보믄 그 골프채가 집안 어디에 있을 겨. 요즘이야 선거 때 그런 일이 없지만 옛날 고리짝 얘기니께 허는 말이여.

무릎팍

젊어서부터 몸을 애껴서 살어야는디 그게 맘대로 안 되는 거지. 몸 중에서도 무르팍이 중요한 것 같어. 내가 교사 생활하면서 교실에서 수십 년을 서서 수업하고 칠판에 판서를 하구 그렇게 살었잖여. 그래서 나는 직업병이라고 생각이 드는디, 나이 드니까 허리랑 무릎이 그렇게 아프잖여. 허리도 서울 논현동인가 거기 가서 한번 시술을 하구, 목동 힘찬 병원에서도 시술을 하구, 얼마 전에 대전에서 또 시술을 했잖여. 근디 나이 먹고 치료를 해서 그런지 그때뿐이고 영 낫지를 않어.

허리도 문제지만 무르팍이 더 문젠디, 무르팍이 아프니께 한 발짝 가는 게 백릿길 같어. 오장육부가 좋아도 무릎이 안 좋으믄 꼼짝 못 하는 겨. 재작년까지만 해도 동네를 한 바퀴 돌 정도는 됐었구 작년에는 마당을 한 바퀴 돌 정도는 됐었는디, 이제는 집 안에서 걷는 것도 힘들잖여. 무르팍만 괜찮으면 살살 걸어서 백마강변두 나가 보구 미장원도 걸어서 가구 동의보감 한의원 갈 때도 살살 걸어가면 사람 구경도 하구 운동도 되구 좋을 텐디, 이제는 휠체어 없으믄 꼼짝을 못 허니께 말여.

그래서 기도를 허는 게, 그저 죽는 날까지 화장실이나 혼자 갈 수 있게 해달라구 기도를 허는디 그게 될까 모르것어. 밤새 오줌을 자주 누는 것도 힘드니께 병원에서 처방 받어서 요실금 약도 먹지만, 나도 모르게 실수허게 되는 날도 있으니께 말여. 그래도 가만히 생각해 보믄 그나마 치매가 없어서 그게 다행이여. 정신줄을 꽉 잡구 정신 차리구 살다 가야지. 몸뚱이가 아무리 좋아도 정신이 흐려서 집에서 엉뚱한 짓 허구 있음, 나도 그렇구 식구들도 그렇구 얼마나 힘들고 속상허것어. 그저 사는 날까지 치매도 조심허구 무르팍도 더 애껴가면서 살으야지. 뭐든지 오래 쓰믄 다 고장이 나잖여. 냉장고도 테레비도 쓰다 보믄 여기저기 고장 나는 건 당연허니께 말여.

아들 생각

당연하지

예전에 SBS 예능프로그램 중에 히트한 코너가 있었는데 '당연하지'라는 코너였어요. 상대방이 어떤 질문을 하든 무조건 당연하지! 라고 외쳐야 하는 매우 단순한 게임이었는데, 매우 단순한 게임치고는 주말 예능을 싹쓸이할 정도의 위협적인 시청률로 대박을 터트렸던 코너였어요.

수년 동안 시골에서 노모를 모시고 살면서 자주 듣는 질문이 있는데, 노인을 모실 때 가장 중요한 게 무엇이냐는 질문이에요. 균형 있는 식단도 중요하고 규칙적인 운동도 중요하고 쉽게 부러지고, 부러지면 노인에게 치명적인 유리 접시 같은 고관절도 조심해야 하고…. 조심하고 신경 써야 할 게 많지만, 그중에 가장 중요한 건 '당연하지'라고 말을 해줘야 해요. 노인과 '당연하지' 게임을 하고 있다고 생각해야 해요.

식사하실 때 밥을 자꾸 흘리실 테고, 귀가 어두워서 크게 소리를 질러도 잘 못 알아들으실 테고, 화장실에 가시기 전에 실수하시는 일도 다반사일 테지요. 그게 매우 당연한 현상이란 걸 상대방도 자연스럽게 받아들이게 하는 게 제일 중요하다고 말을 해줘요. 노인이 되면 씹는 기능도 약해져서 저작운동이 제대로 안 돼요. 식사할 때 밥을 흘리는 게 '당연하지'요. 화장실 가기도 전에 바지에 실수하는 것도 '당연하지'요. 말만 그렇게 해서는 안 되고 실수한 걸 치울 때도 표정이 매우 당연해야 해요. 당신도 속상할 텐데 치우는 사람이 힘들어하거나 큰일이 난 것처럼 수선을 떨면 더 불편하단 거죠. 실수했을 때 수선을 떨면 실수한 걸 숨기게 돼요. 숨기지 말고 아무렇지도 않게 도움을 청하게 하려면 아무렇지도 않게 '당연하지' 게임을 하면 돼요. 당연한 건데 부끄럽게 느끼게 하면 안 된다는 거죠.

누구나 노인이 되고 누구나 실수해요. 내가 꼬마 때 바지에 실수했을 때 엄마가 꼬마니까 '당연하지' 그랬듯이 노인이니까 당당하게 실수해야 해요. 누구나 노인을 모셔본 사람이라면 알 수 있어요. 그건 전혀 특별난 것도 아니고 그냥 일상을 살아가는 거예요. 사람이 일상을 살아가는 건 당연한 거잖아요. 그래서 매일 매일 '당연하지'라고 말해요. 당연한 건 당연한 거니까요.

막내

옛날에는 여자 나이 서른일곱에 애 낳는 게 늦은 나이였는디, 애가 들어서서 그 나이에 막내아들을 낳은 거여. 그때쯤 내가 몸이 안 좋아서 학교를 휴직을 했었는디, 막내를 낳고 나서 오히려 몸이 좀 나아졌어. 그래서 막내가 복덩이라구 그랬어. 막내를 한참 추운 겨울에 낳았는디 아궁이에 불 때구 솥에다 물 끓이고 집에서 낳았지. 그때는 시골에 산부인과 같은 것도 없구 산파도 귀할 때니께 시어머니가 막내손자를 받었어.

첨에 낳았을 때는 애기가 몸도 작고 어째 션찮여서 걱정했었지. 너무 늦은 나이에 낳아서 애가 션찮은가 해서 어릴 때부터 보약도 많이 멕이구 그렇게 키웠잖여. 애기를 낳고 일주일인가 쉬었다가 학교에 갔는디 젖이 불어서 쉬는 시간마다 집으로 뛰어와서 젖 먹이구 다시 학교 가서 수업하구 그랬었지. 언젠가는 막내가 다섯 살이나 됐나 그랬는디 수업을 하다 보니께 교실 문이 열리더니 애가 들어오더라구. 집에 할머니랑 할아부지랑 같이 있다 보니까 애가 낮에 심심했던 모양이여. 그래서 교무실에 데려다 놓구 수업을 하고 가봤더니 교무실 선생님들 책상 위를 뛰어댕기고 난리가 났어. 그때부터 내가 학교에 출근하려구 준비하구 있으면 엄마 갈 때 같이 학교에 가겠다구 떼를 쓰구 쫓아와서 할 수 없이 데리고 출근해서 교실 맨 앞 구석에 책상을 놔두고 수업을 했어.

지금 같으믄 말도 안 되는 얘기여. 그러든 막내도 이제 나이가 육십이니 나도 참 나이를 많이 먹은 겨. 내가 씻기구 입히구 데리구 다니면서 젓 먹이구 키웠는디, 이제는 막내가 나를 씻기구 입히구 내 밥을 해주니 말여. 세월 참 금방인 겨.

엄마가

엄마가 서른하고두 일곱에 막내를 봤잖여. 나는 기사년에 태어나서 뱀띠인디 세 바퀴를 돌아서 을사년에 막내가 태어나서 막내도 뱀띠잖여. 막내 위로 누나들 넷이고 그 위로 형이 있는디, 형이 너무 일찍 세상을 떠서 내가 애통허구 애통허지.

그래두 막내가 태어나서 참 다행이여. 막내가 없었으믄 내가 이 나이에 집에서 밥 먹구 살 수 있었겄나! 어디 요양원이나 가 있겄지. 사위는 백년 손님인디 딸들 집에 붙어 살면서 신세지구 살 수는 없으니께 내가 내 발로 요양원으로 갔을 텐디, 막내가 있었으니께 내가 다행이기는 헌디 막내가 참 고생이 많다. 나이 든 에미 밥 해멕이구 목욕시키구 동의보감에 침 맞으러 댕겨야 허구 막내가 참 고생이 많어.

서울에서 방송국 작가 한다구 잘허구 살다가 어쩌다가 혼자가 돼가지구 손자랑 둘이 시골로 내려왔을 때가 겨울이었는디, 그때 내려온 아들을 보니께 반갑기두 하구 서럽기도 하구 그랬는디, 우리 착한 손자 태연이 밥해 멕이구 고등핵교 삼 년을 차 태워서 실어 나르구 졸업시키구 대학 보내구 군대두 보내구 제대두 허구 애비 노릇하느라구 고생을 많이 혔어. 막내는 내가 참 귀하게 키운 자식인디, 만지기도 아깝다구 하면서 키운 자식인디 어쩌다가 혼자가 되어가지구 그 고생을 허나 맘이 너무 아픈디, 어쩌겄어! 내가 나이가 이래가지구 따뜻한 밥 한 끼를 해줄 수 있기를 허나, 내가 아랫목 차지하구 밥을 얻어먹어야 하는 처지니 말이여.

아무튼 막내가 고생이 이만저만이 아니여. 막내가 밥상을 차려내오믄 내가 밥맛이 있든 없든 그 정성 생각해서 다 먹을려구 헌다. 나중에 내가 세상 뜨믄 하늘나라에 가서 아부지랑 형 만나믄 막내 덕분에 잘 살다가 인제 왔다구 자랑 많이 할라구 헌다. 그러믄 아부지랑 형이랑 얼마나 막내를 칭찬할 거여. 엄마가 참 고맙다. 수고가 많어. 우리 막내가.

아들
생각

아가

‘아가’라고 부르면 입술에서 휘파람 소리와 함께 젖비린내가 나는 것 같습니다. 아들이 태어났던 해에 두부만 한 아가를 강보에 싸 안고 병원에서 처음 집으로 데려오던 날, 아스팔트 도로가 비포장도로처럼 요철이 심하고 요동이 심하다는 걸 처음 느꼈습니다. 갓 태어난 아가를 안고 차에 탔을 때, 우유가 가득 찬 컵을 한 손에 들고 뛰는 것처럼 너무나 조심스러웠던 기억이 납니다.

아가가 태어난 그날부터 ‘아가’라는 호칭은 나를 필요로 하고 내가 보호해야 하는 모든 대상을 부르는 상징적인 단어가 되었습니다. 스무 살이 훌쩍 넘은 아들에게 아직도 얼떨결에 ‘아가’ 소리가 나오기도 하고 새끼 때부터 돌봐왔고 긴 세월을 함께하고 있는 상추犬와 배추猫에게도 멀쩡한 이름을 놔두고 가끔 ‘아가’라고 부를 때가 있습니다.

마음속으로 나의 도움이 필요한 대상이라고 느낄 때 모두 '아가'가 됩니다. 나의 엄마도 점점 더 아가가 되어갑니다. 아직도 당신이 멀쩡하시고 강한 척을 해도 자신도 모르게 기저귀가 젖고, 밥을 떠먹여 드려야 드시는 날들이 잦아집니다. 어느 날, 엄마에게도 무심코 '아가'라고 부르는 날이 올 것만 같습니다. 나의 엄마가 나를 아가라고 했고 젖을 물리던 그때처럼 엄마는 '엄마'라고만 부르고 싶은데 말입니다.

초록보다 연두에 가까운

지인의 말에 의하면 추천사는 무조건 "이 책을 읽지 마시오"로 시작하면 된다고 하던데 그렇게 썼다가 이 책을 정말 읽지 않을까 봐 두려워서 나는 이렇게 쓸 수밖에 없다.

"이 책을 당장 읽으시오!!! 왜냐면…."

2012년 늦은 밤, 나는 부여로 향했다. 선배님 아버님의 장례날이었다. 많은 방송국 관계자들이 이미 자리 잡고 있었고, 내가 온 후로도 밤새 조문 발길이 이어졌다. 모르긴 몰라도 대부분이 선배님의 지인들이었고 역시 잘나가는 예능작가는 다르다고 생각할 때쯤, 선배님의 얼굴이 보였다. 사실 선배님은 늘 비슷한 얼굴이다. 술에 좀 취했을 때도, 다소 화가 났을 때도, 반갑게 맞아줄 때도, 아쉬움에 헤어질 때도, 마치 '김진태'의 얼굴로 성형한 사람처럼 매번 그 얼굴이었던 것 같은데, 그날만은 확연히 슬퍼 보였다. 어찌 보면 슬픈 것이 너무나 당연한 날임에도 불구하고 나는 그게 신기해서 선배님의 표정을 한참 보았다. '아, 선배님의 아버지…!' 나는 그날, 처음으로 선배님의 아버지가 궁금해 영정사진을 바라보았다. 그리고 얼마 후, 선배님은 돌연 (이라는 말이 정확할 듯) 부여로 내려가 버렸다. 나의 엄청난 술친구가 사라져 버렸고, 나뿐 아니라 선배님을 좋아하던 엄청나게 많은 사람들이 상실감을 느꼈을 테다. 그만큼 당시 '김진태'라는 사람의 존재감은 실로 어마어마했다. 방송국에서는 말할 것도 없고, 밤이 되면 목동의 술집 어딘가에 있을 선배님을 만나기 위해 각계각층의 사람들이 몰려들어 밤을 지새웠으니까.

그리고 10년 후, 사람들은 별로 달라진 게 없어 보인다. 선배님을 만나고 싶을 때는 목동이 아닌 부여로 가면 되니까. 하지만 선배님의 인생은 많은 것이 달라졌다. 선배님은 현재, 구십오 세의 노모를 모시고 있다. 생각해 보니 나는 한 번도 선배님과 일을 해본 적이 없다. 확실한 건 술 한잔을 부딪치며 술을 함께 했으니, 글을 알려준 선배님이라기보다는 술을 알려준 술친구라는 표현이 맞다. 그럼에도 불구하고 내가 선배님을 꼬박꼬박 선배님이라고 부르는 이유는, 선배님이 나를 정확하게 꽂아주셨기 때문이다. 드라마 판에서 실력으로 승부해야 하는 방송국 판에서 웬 말이냐 싶겠지만, 이 바닥에서는 라인을 잘 타는 것도 대놓고 실력이기에 나는 그것이 부끄럽지 않다. 물론 지금도 "그게 내가 꽂아준 거여? 네가 잘한 거지"라고 말씀하시지만, 정확히 말해 이게 선배님의 힘이다. 늘 뭔가를 제대로 하는 것 같지는 않은데, 가면서 보면 뭔가가 있다. 쉽게 말해 안 듣는 척하면서 다 듣고, 안 본 척하면서 다 보고, 취한 것 같은데 다 기억하고, 이게 충청도 사람들의 성향인 건지 아니면 선배님의 성향인 건지 모르겠지만, 뭔가를 대놓고 티 내지 않으며 늘 십오 도 정도 빗겨 있는데 그 안에 정곡을 찌르는 영민함과 날카로움이 있다. 처음에는 그 한 방을 도통 찾을 수 없으나, 오래 보고 돌아서서 보면 그제야 세게 다가온다.

그래서 선배님이 노모에 대한 글을 쓴다고 하셨을 때 나는 말렸다. 가뜩이나 오래 보고, 돌아서서 봐야 하는 느린 사람인데, 노모라니… 이게 돈이 되려나? 나는 실로 상업적이지만 일은 똑 부러지게 잘한다고 믿고 있는 멋진 편집자처럼 선배님에게 쓴소리를 해댔다. 그럴 때마다 선배님은 매번 고맙다고 하면서도 "근데 난 이게 좋아… 그냥 이렇게 가난하게 살려"라고 말하며 맥주 사진을 보내온다. 아… 이래서 충청도 사람이 무섭다고 하는구나. 솔직히 얄밉기까지 했다. 이럴 땐 한참 현역인 후배 작가의 말을 좀 들었으면 좋겠는데, 실로 귀는 다 열고 들으면서 도통 들어먹지 않으니… 말릴 수 없으면 응원하는 수밖에.

그리고 얼마의 시간이 소리 없이 흘렀다. 카톡 창에는 나의 잔소리들도 이내 끊기고, 이따금 대본 작업으로 머리를 쥐어뜯고 있는 한밤중이면 사진 하나씩 날아올 뿐이었다. 고된 하루 일과를 끝내고 혼자 마시는 한 잔의 술. 선배님의 가장 행복한 시간이라지만 분명 금세 하루 일과가 다시 시작될 것이며, 점점 정신이 희미해지는 노모를 위해 밤새 정신은 반쯤 깨어 있어야 할 것이다. 가끔 부여에 놀러 가면 술을 마시다가도 정확한 시간만 되면 노모의 밥을 차리기 위해, 휴가 끝에 부대로 복귀하는 군인처럼 정신을 바로 하고 집에 다녀오곤 하는 선배님을 보며, 세월이 야속하다는 생각을 한 적이 있다. 볼 때마다 선배님이 너무 늙어버렸기 때문이다.

나는 선배님의 나이를 모른다. 알고 싶었던 적도 없었다. 선배님은 어깨가 넓고 캡모자가 잘 어울리니까. 그럼, 친구고 대화가 되고 술잔이 부딪쳐지면 완벽한 친구니까. 그런데 부여에 가면 나도 모르게 '올해 선배님 나이가 몇 이지?' 이런 생각을 한다. 선배님이 나이가 드는 게 선배님의 노모 때문만은 아닐 텐데도, 자꾸만 그런 생각을 한다. 뻔한 이야기지만 선배님을 만든 건, 팔 할이 노모였구나. 이 책을 읽다 보면 많은 것들이 보이고 그려지며 읽혀지고 느껴진다. 언젠가 한여름에 아카시아를 따 먹던 소녀가 보이고, 가족의 바짓단을 줄이는 미싱 소리가 들리고, 못 살며 아껴가던 시절에 마당에 떨어지는 햇볕도 아까워 뭐라도 말려야겠다고 생각하던 여자가 그려지며, 잠자다가 집에서 세상을 떠나고 싶은데 그런 복이 있을지 모르겠다고 말하는 노모의 말이 들린다. 그리고 그런 노모의 말을 들으며 오도카니 앉아 있는 선배님의 등짝이 보인다. 노모가 교사 시절 소풍으로 다녔던, 그리고 지금은 먼저 가신 아버님이 사진기와 솥단지를 들고 다녔던 그 부소산을 이제는 휠체어를 밀며 걷고 있는 선배님의 뒷모습이 보인다.

그런 의미에서 서두에 이어 '이 책을 읽으시오…!'에 대한 답을 하자면 왜냐면, 이 책의 주인공인 노모의 인생은 충분히 엿볼 만한 가치가 있으니까. 왜냐면, 누군가의 자식이라면 생각해볼 만한 충분한 울림이 있으니까. 왜냐면, 누군가의 부모라면 공감할 수밖에 없는 사랑이 있으니까. 왜냐면, 이 책의 인생 하나하나가 멘트 하나하나가 놓칠 것이 없으니까. 그렇다, 요즘 세상의 모든 걱정이란 걱정은 다 달고 사는 내게 노모는 이렇게 전했다.

"걱정 없는 사람이 어디 있겄어. 사람 얼굴에 눈, 코, 입이 있듯이 걱정도 사람 몸에 당연히 붙어 있는 겨. 얼굴에 눈 허구 입만 있구 코가 없다구 생각혀 봐, 얼마나 이상혀."

하하하, 어머니 짱!

이 책의 첫 장은 짙고 푸르른 초록이라기보다 속이 여린 연두에 가까운 색이지만 읽다 보면 이 책의 마지막 장은 짙고 푸른 초록이 될 것이니 연두에서 초록까지 충분히 만끽하시길.

드라마 작가 위소영

〈또 오해영〉 〈술꾼도시여자들〉

불안했지만 불행하지 않아서 [다 행 이 야]

어머니의 방에는 어머니와 함께 유일하게 살아 숨 쉬는 식물 산세베리아가 있습니다. 이십사 시간을 함께 숨을 쉬면서 산세베리아는 공기를 정화하고 산소를 만들어서 배출하는데, 구십오 세가 되신 엄마는 언제부턴가 식물보다도 덜 생산적인 시간을 하루하루 소비하고 소모하며 무의미한 나날들을 보내고 있는 것 같았어요. 어머니가 최소한 식물보다는 의미 있는 사생활을 누렸으면 좋겠다는 생각을 했던 것 같아요. 그래서 어느 날 어머니의 의미 있는 사생활을 위해서 어머니가 살아왔던 인생에 대해서 한 단어씩 질문을 하기로 했습니다. 지난 세월을 뒤돌아보고 옛 생각을 하며 추억의 토크를 할 때면, 산세베리아보다 훨씬 더 신선한 공기가 방 안에 가득하고 살아 숨 쉬는 생기가 느껴집니다. 그 시간이 식물의 사생활보다 훨씬 더 생산적인 엄마의 유일한 사생활입니다. 낙향해서 시골에서 보낸 8년 동안 늘 불안했어요. 고령의 노모가 쓰러지진 않을지 늘 불안했고, 돈벌이를 할 수 있는 여건이 아니라서 경제적으로도 불안했고, 불안이 또 다른 불안을 몰고 오던 시절이었어요. 밥을 짓고 글을 지으며 작가와 주부의 경계에서 살면서 늘 불안했지만 백 세를 오 년 앞둔 노모가 아직 건강하시고 그렇게 느리고 빠르게 세월이 흘렀어요. 늘 불안했지만 불행하진 않아서 다행이라 생각하며 살았어요. 그런 시절을 지내며 불안을 늘 잔기침처럼 달고 살던 시절에 종합 감기약을 복용하듯 어머니와 평생 못 나눈 많은 얘기들을 나눌 수 있어서 다행이었어요. 어머니와 나누었던 말이 글이 되고 책이 될 수 있어서 다행이었습니다. 불안했지만 주변에 좋은 사람들이 있어서 다행이었어요. 그래서 행복했어요. 역시 고향이 좋다는 걸 늘 확인시켜준 시골 친구들, 그리고 매일 밤 아홉 시에 알람 시계처럼 서울 소식을 전화로 전해줘서 시골에 나 혼자 외롭게 떨어져 있다는 것을 잊게 해준 임기홍 작가님, 연어를 좋아하는 노모의 밥상에 연어가 떨어지기 무섭게 배달해준 동용 형과 관절이 아픈 노모의 파스를 책임지고 보내준 서승만 형, 혹시라도 아들이 시골 생활에 적응하지 못하면 목동에서 하숙을 쳐주겠다고 진심으로 응원해준 보령 아빠 남희석, 서울에서 함께 내려온 진돗개 상추에게 몇 년 동안 꾸준히 사료를 보내준 개통령 지상렬과, 내가 외롭다고 느껴질 때쯤 훌쩍 내려와서 소주를 한잔 마시고 노래를 한 곡 부르고 훌쩍 올라갔던 성우 안지환, 그리고 원고 한 줄 가르켜 준 게 없는데 선배랍시고 각종 위문 택배를 보내준 심은하 작가와 최은영 작가, 느닷없이 낙향한 선배를 잊지 않고 찾아준 〈술도녀〉 위소영 작가, 라디오가 천직인 김성 작가와 다정한 최대웅과 곽상원, 박원우 예능작가 후배들, MBC '우정의 무대' 시절부터 삼십 년을 한결같이 모자란 동생 곁에서 형 노릇 하느라 수고가 많은 서영오 국장님. 그리고 진로를 결정하는 스무 살에 작가의 싹수가 보인다며 쌍수를 들고 응원해준 김준환 형님, 끝으로 'The 작업실'의 힘찬 동지 서남희 이사님!

불안했지만 불행하진 않다고 느끼게 해준 여러분들이 있어서 다행이었어요. 그분들께 불행하지 않아서 다행이었다고 이게 다 당신들 덕분이라고 한 사람 한 사람께 감사의 인사를 드리고 싶어요.

"감사합니다."

다 갚을 수 있을지 모르겠어요

2023년 여름, 부여에서

김진태

엄마라고 더 오래 부를걸 그랬어

초판 1쇄 인쇄 2023년 8월 2일
초판 1쇄 발행 2023년 8월 12일

구술 윤희병
엮음 김진태
펴낸이 김진태

제작총괄 서남희
책임편집 최아영
디자인 김지혜
모니터링 서영오 유병민 강채리 김태연
인쇄제본 제이오

펴낸곳 The 작업실
출판등록 제2022-000011호
전화 02-2294-9036
팩스 0303-3442-1212
전자우편 jakupsil2020@naver.com
인스타 @jakupsil2020

ISBN 979-11-980027-3-0 03810

• 이 도서는 한국출판문화산업진흥원의 '2023년 중소출판사 출판콘텐츠 창작 지원 사업'의 일환으로
국민체육진흥기금을 지원받아 제작되었습니다.